龍應台

給美君的信

天長地久

序2022

生日禮物

如果身邊的好朋友突然對你好得出奇，那麼可能你不是病了，就是老了。

果然，在星空下，音樂響起，燭光燃起，食物的香氣瀰漫，酒杯的光影流動。好友們不辭勞頓、跋山涉水而來，燒菜做飯備酒煮茶，這鮮花般的慷慨放送、不尋常的盛情滿懷，使你心中自語：顯然生命又到了一個里程碑。

然後豐美的餐桌上突然擺出兩株小樹，一個平板電腦驀然亮起，螢幕上竟是身在歐洲的安德烈和飛力普併框出現。

疫情隔離，兩年多無法相聚，在今晚的星空下，這是驚奇現身的他們給母親的生日禮物：一株辛夷，一株茉莉。

兩株樹，是個全世界只有我們自己懂的通關密語。

他們年幼的時候，德國的家有個庭院，庭院裡有個池塘，池塘邊有一株辛夷木；冬雪融後，春風一醒，滿樹酥軟，花開似醉；一朵一朵飯碗大小的花，粉白於內，殷紅於外，在風中搖曳繽紛，世界彷彿中了魔。

五步之遙，是一株巨大的茉莉花樹。樹冠三米高，四米環抱。六月花開，複瓣白花層層開展、團團推擠。風吹花瓣飛揚，一時滿天細雪，茉莉濃香盈盈滿庭，穿堂入室。

花開花落之間，池塘裡的水凍了又融，融了又凍，草地上的陽光一寸一寸移動。辛夷木下、茉莉香裡，嬰兒變幼兒，幼兒成少年，少年轉成人，那初為母親還紮著馬尾的人，已經被中年的朋友當做長者呵護。

辛夷和茉莉兩株小樹在都蘭的夜空下，早春的風吹著葉片微微顫動，森林裡傳來領角鴞幽幽寂寥的呼聲。

從黑暗的陽台望向屋內燈火燦然的客廳，美君坐在輪椅上。九十七歲的她，身上圍著粉紅色的毛毯，雙臂抱著一個鵝黃色軟枕，閉著眼睛。

我無從知道她心裡想些什麼，或者，她是否還能思想，是否還有念頭，是否知道在她身旁的，是她曾經摯愛的女兒。

完全不知她的心靈，但是我多麼熟悉她的身體啊。

把小方巾放進熱水裡，拿出擰乾，灑幾滴精油，幫她洗臉、洗脖子、洗耳朵。她的眼睛必須用柔軟的棉紗沾濕了輕輕擦拭，把眼眶角落裡的黏液清掉。然後用中型大小的三條毛巾在熱水中交替，為她擦身體——從頸項到肩膀，從肩膀到大腿，從大腿到腳趾。從手臂到手肘，從手肘到手掌，從手掌到手指。

然後和看護一起為她按摩、拍背、伸展、擦乳液。按摩的過程中要檢查全身，細看皮膚皺褶隱藏處有沒有紅腫或破皮，不讓褥瘡有機會開始。坐上輪椅之後，兩臂要用軟枕撐開，避免手臂痙攣內彎；手掌心要有兩個小球，讓她抓著，以免手掌內捲，越抓越緊。兩個膝蓋之間要放一個軟墊，否則她的雙腳會交叉打結。輪椅的腳墊處要放一個橫墊，防備在推動時一隻腳滑落腳墊之間的隙縫……

這麼深的心力，這麼多的時間，這麼綿密的情感，全都投注在她已經不認識我的歲月裡。

她也曾經是個紮著馬尾初為母親的女孩，她也曾經和幼兒的我在草地上嬉戲、在樹下追逐、擁著我在花間睡著。但是在她七十歲那一年，我並沒有想到要送她兩株小樹，沒有想到要送她一束花、一塊香皂、一本書、一支筆、一瓶香水、一張照片、一份特別的致意……我從未認為她會需要，從未想到，有一天，無論我如何不離不棄，她會不言不語。

從未想到，她會與我咫尺天涯，相擁而不相識。

但是安德烈和飛力普想到了。他們從千里之外輾轉託人找來辛夷和茉莉，在這一天，告訴我：那池塘邊的辛夷和茉莉，是永遠地、絕對地，從這個世界消失了，小男孩早已不在，但是兩個成熟的心靈就在眼前。不同的辛夷、不同的茉莉，長在不同的時空裡。我所能夠擁有的，唯一真正擁有的，只有此時、此景、此人。

除了現在，我們其實一無所有。

所以，把小方巾放進熱水裡，拿出擰乾，灑幾滴精油，幫她洗臉、洗脖子、洗耳朵。她的眼睛必須用柔軟的棉紗沾濕了輕輕擦拭，把眼眶裡的黏液清掉。然後用中型大小的三條毛巾在熱水中交替，為她擦身體——從頸項到肩膀，從肩膀到大腿，從大腿到腳趾；從手臂到手肘，從手肘到手掌，從手掌到手指。

就這樣。

序2018
思之綿綿

二〇一四年十二月一日，當內閣總辭行禮如儀時，我宣布不再回到內閣，清空了部長辦公室，回到「文人安靜的書桌」。

但是，我無法寫作。只要提筆，一個冰涼的問題就會浮現：文字，還有用嗎？

三年的政務折衝，讓我在「前線」、「戰壕」裡看到一個時代的崩解、價值的潰散；當然，歷史的定律告訴我，永遠有新的秩序在醞釀中，但是，我看不到文字和思想在這個大潰散中可以立足在哪裡。

當你覺得文字無法撼動現實一分一寸時，你會頹然擲筆，對自己說，哎，看山看水看雲去吧。是在這種「晚明」的時代情緒裡，我開始了「美君」專欄。如果不是這一個月兩次的「強迫」約會，我可能在那個「歷史虛無」的曠野裡自我放逐更久。「給美君的信」，成為我在懷疑時代裡一個人的功課。

一個人的功課，通常指的是，你用什麼方式讓你自己人格的整個「生態系統」更乾淨健全。你如何在獨處時無愧天地，如何在與人相對時情理通透，如何在看待生命時，既能知覺「心包太虛，量周沙界」，又能透視微塵中的「一葉一菩提」。

我的個人功課，卻是，在潰散的時代裡如何重新找回單純的初心？譬如說，錢穆說的「溫情與敬意」，是否只是對待歷史呢？

我們如何對待曾經被歷史輾碎了身心的親愛的上一代？我們如何對待無話可說、用背對著你但是內心其實很迷茫的下一代？

在時光的漂洗中，我們怎麼思索生命的來和去？

我們怎麼迎接，怎麼告別？我們何時擁抱，何時鬆手？

我們何時怒，何時愛？何時堅定拒絕，何時低頭承受？

我們怎麼在「空山松子落」的時辰與自己素面相對？

美君來自浙江。她二十歲時愛上的男子，來自湖南。他們走過的路，是萬里江山、滿目煙塵；懷著「溫情與敬意」，我謙卑感恩他們的江山、他們的煙塵，給了我天大地大、氣象萬千的一座教室，上生命的課。當現實的、正在眼前上演的歷史使我垂頭喪氣的時候，他們所走過的大河歷史和個人生命的寬容大度，像沙漠困走時心裡記得的綠洲泉水。

下一代將來會怎麼對待我們？要看我們此刻正在如何對待上一代。社會的進程是不是走向潰散？要看我們正在怎麼磨練個人的功課。文字和思想失去領土了嗎？走在農村的市集裡，或是站在孤獨的大武山稜線上，我感覺到一種元氣的回流，初心的甦醒。

我意識到，懷疑主義只會來自爭執不休的首都們。大山無言，星辰有序，野鹿在森林裡睡著了，鯨魚在大海中正要翻轉它的背脊，這些，都在對與錯的爭執之外。而人與人、代與代之間的初心凝視，這門個人的功課範圍之大、涵養之深、體悟之艱、實踐之難，比首都們對於正義的爭執要誠實得多，重大得多。

二〇一七年八月一日「移民」南方鄉下，我以為是我「犧牲」，放棄了首都的豐滿去奉獻於美君；在大武山之下，在鳳梨田和香蕉園之間行走九個月之後，我才知道，那個來自泥土的召喚，是美君在施捨予我。智慧的施捨，彷彿月照山澗，幽影無聲。

目次

我很慢很慢地打開木頭書包，
看見裡面有兩行鋼筆字：
此箱請客勿要開
應美君自由開啟

給美君的信1

女朋友

上一代不會傾吐，下一代無心體會……
為什麼我就是沒想到要把你這個女人
看做一個也渴望看電影、喝咖啡、清晨爬山看芒草、
需要有人打電話說「悶」的女朋友？

很多年以來，當被問到，「你的人生有沒有一件後悔的事」，我多半自以為豪情萬丈地回說，「沒有。決定就是承擔，不言悔。」

但是現在，如果你問我是否後悔過什麼，有的，美君，我有兩件事。

黃昏玉蘭

第一件事發生的時候，你在場。

陽台上的玉蘭初綻，細細的香氣隨風游進屋裡。他坐在沙發上。

他愛開車帶著你四處遊山玩水，可是不斷地出車禍。這一回為了閃躲，緊急煞車把坐在一旁的你撞斷了手臂。於是就有了這一幕：我們三人坐在那個黃昏的客廳裡，你的手臂包紮著白色紗布，淒慘地吊在胸前。你是人證，我是法官，面前坐著這個低著頭的八十歲小男孩，我伸手，說，「鑰匙給我。」

他順從地把鑰匙放在我手心，然後，把準備好的行車執照放在茶几上。

完全沒有抵抗。

我是個多麼明白事理又有決斷的女兒啊。他哪天撞死了人怎麼辦。交出鑰匙，以後想出去玩就叫計程車，兒女出錢。

後來才知道，我是個多麼自以為是、粗暴無知的下一代。你和他這一代人，一生由兩個經驗鑄成：戰爭的創傷和貧困的折磨。那倖存的，即使在平安靜好的歲月裡，多半還帶著不安全感和心靈深處幽微的傷口，對生活小心翼翼。一籃水果總是先吃爛的，吃到連好的也變成爛的；冰箱裡永遠存著捨不得丟棄的剩菜。我若是用心去設想一下你那一代人的情境，就應該知道，給他再多的錢，他也不可能願意讓計程車帶著你們去四處遊逛。他會斬釘截鐵地說，浪費。

從玉蘭花綻放的那一個黃昏開始，他基本上就不再出門。從鑰匙被沒收的那一個決斷的下午開始，他就直線下墜，疾速衰老，奔向死亡。

上一代不會傾吐，下一代無心體會，生命，就像黃昏最後的餘光，瞬間沒入黑暗。

只是母親

第二件後悔的事，和你有關。

我真的可以看見好多個你。

我看見一個紮著兩條粗辮子的女孩，跟著大人到山上去收租，一路上蹦蹦跳跳，時不時停下來採田邊野花，又滔滔不絕地跟大人說話，清脆的童音和滿山嘹亮的鳥聲交錯。

我看見一個穿陰丹士林旗袍的民國姑娘，在綢緞舖裡手腳俐落地剪布賣布，儀態大方地把客

收銀台
CASH REGISTER

人送走，然後叉腰跟幾個蠻橫耍賴的士兵當街大聲理論，寸步不讓。

我看見一個神情焦慮的婦人手裡緊緊抱著嬰兒，在人潮洶湧的碼頭上盯著每一個下船的男人，尋找她失散的丈夫；天黑時，她蹲在一條水溝邊，拎起鐵鎚釘釘子，搭建一個為孩子遮雨的棚屋。

我看見一個在寒冬的清晨躡手躡腳進廚房做四個熱便當盒的女人。我看見一個姿態委屈、語調謙卑，為了孩子的學費向鄰居朋友開口借錢的女人。我看見一個赤腳坐在水泥地上編織漁網的女人、一個穿長統雨靴涉進溪水割草餵豬的女人。我看見一個對丈夫堅定宣布「我的女兒一樣要上大學」的女人。我看見一個身若飄絮、髮如白芒的女人，在丈夫的告別式上不勝負荷地把頭垂下……

我清清楚楚看見現在的你。

你坐在輪椅中，外籍看護正在一口一口餵你流質的食物。我坐在你面前，握著你滿佈黑斑的瘦弱的手，我的體溫一定透過這一握傳進你的心裡，但同時我知道你不認得我。

我後悔，為什麼在你認得我的那麼長的歲月裡，沒有知覺到：我可以，我應該，把你當一個女朋友看待？

女朋友們彼此之間做些什麼？

我們常常約會——去看一場特別的電影，去聽一次遠方的樂團演奏，去欣賞一個難得看到的展覽，去吃飯、去散步、去喝咖啡、去醫院看一個共同的老友。我曾經和兩個同齡女友清晨五點摸黑到寒冷的擎天崗去看日出怎樣點亮滿山芒草。我曾經和幾個年輕的女友在台東海邊看滿天星斗到凌晨三點。我曾經和四個不同世代的女友在沙漠裡看檸檬黃的月亮從天邊華麗升起。我曾經和一個長我二十歲的女友在德國萊茵河畔騎腳踏車、在紐約哈德遜河畔看大河結冰。

我有寫信的女友，她寫的信其實是一首一首美麗的詩，因為她是詩人。我有打電話的女友，因為她不會用任何電子溝通。她來電話時只是想說一件事：我很「悶」；她說的「悶」，叫做「寂寞」，只是才氣縱橫的她太驕傲，絕不說自己寂寞。有一個女友，從不跟我看電影聽音樂會，但是一個月約吃一次午飯。她是我的生活家教。每次吃飯，就直截了當問我有沒有問題需要指點。令人驚奇的是，她每次的指點，確實都啟發了我。她外表冷酷如金屬，內心又溫潤如白玉。

而你，美君，從來就不在我的「女朋友」名單裡。

你啊，只是我的母親而已。

親密注視

一旦是母親，你就被拋進「母親」這個格子裡，定格為我人生的後盾。後盾在我的「後面」，是保護我安全、推動我往前的力量，但是因為我的眼睛長在前面，就注定了永遠看不到後面的你。

很早就發現到這個陷阱——我是兩個兒子的「後盾」；在他們蓄勢待發的人生跑道上，嵌在「母親」那一格的我，也要被「看不見」了。所以十五年前我就開啟了一個傳統——每一年，和他們一對一旅行一兩次。和飛力普曾經沿著湄公河從泰北一路南漂到寮國，也曾經開車從德國到法國到義大利到瑞士，跟著世界盃足球賽一場一場地跑。和安德烈曾經用腳步去丈量京都和奈良的面積磨破了皮，這個月我們即將啟程去緬甸看佛寺，一個一個地看。

兩個人的旅途意味著什麼？

自由。

如果我去探視他們，他們深深陷在既有的生活規律裡，腦子塞滿屬於他們的牽絆，再怎麼殷勤，我的到訪都是外來的介入，相處的每一個小時都是他們努力額外抽出的時間，再甜蜜也是負擔。

兩個人外出旅行，脫離了原有環境的框架，突然就出現了一個開闊的空間。這時的朝夕陪伴，並肩看向窗外，探索人生長河上流動的風光，不論長短，都是最醇厚的相處、最專心的對待。十五年中一次一次的單獨行旅，我親密注視著他們從少年蛻變為成人，他們親密注視著我從中年踏進了初老。

有一天走在維也納街頭，綠燈亮時，一抬頭看見燈裡的小綠人竟然是兩個女人手牽手走路，兩人中間一顆心。維也納市政府想傳達的是：相愛相婚的不必是「兩性」，兩人，就夠了。

未讀不回

停下腳步，人們不斷地從我身邊流過，我心裡想的，是你：當你還健步如飛的時候，為什麼我不曾動念帶你跟我單獨旅行？為什麼我沒有緊緊牽著你的手去看世界，因而完全錯過了親密注視你從初老走向深邃穹蒼的最後一哩路？

為什麼我把自己從「母親」那個格子裡解放了出來，卻沒有解放你？為什麼我願意給我的女朋友們那麼多真切的關心，和她們揮霍星月遊蕩的時間，卻總是看不見我身後一直站著一個女人，她的頭髮漸漸白，身體漸漸弱，腳步漸漸遲，一句抱怨也沒有地看著我匆忙的背影？

為什麼我就是沒想到要把你這個女人看做一個也渴望看電影、喝咖啡、清晨爬山看芒草、需要有人打電話說「悶」的女朋友？

我抽出一張濕紙巾，輕輕擦你的嘴角眼角。你忽然抬頭看我——是看我嗎？你的眼睛裡好深的虛無，像一間屋子，門半開，香煙繚繞，茶水猶溫，但是人已杳然。我低頭吻你的額頭，說，「你知道嗎？我愛你……」

那是多麼遲到的、空洞的、無意義的誓言啊。

所以決定給你寫信，把你當做一個長我二十六歲的女朋友——儘管收信人，未讀，不回。

給美君的信2

出村

她如果不讀大學，以後就會跟我一樣……

幫我洗頭的時候，惠淑的手機響了。

半躺著的我，閉著眼睛也能模擬她的動作。滿手薄荷香的泡沫，她說「對不起」，關了水龍頭，把手上的泡沫沖一沖，然後從插滿梳子剪刀的圍兜口袋裡掏出手機。從她說「喂」的音調就知道，一定是她母親的電話。她聽了一陣子，為難地說，「我這裡有人客，沒法度聽你講，暗時再打給你。」但是那一頭母親巴著不放，繼續傾吐，她又聽了一會兒，最後決斷地說，「不行啦，人客在等。暗時再聽你講。」

不必問也知道，住在鄉下的老母親，又跟種田的老父親吵架了，全世界唯一可以訴說的人，是那個在台北城裡從早到晚忙到沒有時間接電話的女兒。

蘇格拉底

惠淑是二樓美容院的老闆，一人工作室，只做預約的老主顧。因為手腳明快俐落，客人一個緊接一個，一天有一二十個頭等著她處理，也就是說，她一天要連續站立十個小時，馬不停蹄。

我不是喜歡閒聊的人——凡是滔滔不絕、絮絮不休的按摩師、美容師，不管功夫多好，我是一定夾著尾巴逃命的，但是惠淑不同。

惠淑是台北市井中的蘇格拉底。

在貧困農村長大的她，沒有機會受高等教育，小小年紀就拎著一個廉價的塑膠袋離鄉背井出來學手藝。出師之後，馬上用微薄的工資點滴累積，把鄉下的弟弟妹妹一個一個帶了出來。雖是少女姐姐，擔起的卻是完整的母責。問她覺不覺辛苦，她說，「我是長女，長女就有長女的責任。」

「很多長女也不負責啊，不是嗎？」

她說，「我沒讀什麼書，可是我想長幼有序就是社會安定的根本。我身為長女如果不負起那個責任，弟妹會迷失，會墮落，那就給社會添了兩類人：壞人或者窮人，成為社會負擔。製造了社會負擔對我自己也不會有好處啦。」

正在吹頭的時候，突然看見窗外巨幅的政治人物笑呵呵的頭像冉冉升起——又是選舉季節了。

惠淑憂慮地說，「我看這個人自戀又狂妄，城府很深、機關算盡又故作天真，可是選民吃這一套，台灣怎麼辦……」

「你怎麼看得出他機關算盡卻又故作天真？」

她一邊用精油摩搓一根一根的髮絲，一邊列舉一件又一件本城發生的事例，證明她的論點，最後在起身去沖洗時做結語：「民粹都是短線操作，年輕人只看到眼前熱鬧，最後真正被害到的是他們自己，這樣下去他們將來恐怕連一個最低薪的工作都會找不到……」

「那……你擔心你的孩子嗎？」

她想都不想就回答，「我跟女兒說，她一定要把書讀好，將來要靠自己。自己的命運自己掌握，尤其在亂世。你說這是不是亂世？」

霧米

照顧你的霧米哭了。

聽說，是跟在印尼讀大學的女兒通電話時哭的。

到達潮州時，她正在幫你洗澡。她先把熱水注入洗臉盆，用手測好水的溫度，再幫你脫衣服。我放周璇的歌曲給你做洗澡配樂，然後坐在旁邊陪伴。衣服都脫掉了，我就像個醫生一樣從頭頂到腳趾頭檢查你的身體——翻開肉與肉之間的夾層，看看是否有紅腫；端詳平常看不到的腋下、股間、腿縫，看有沒有疹子。

霧米一邊用沐浴乳幫你洗身，一邊跟著唱歌。四十歲的她，有兒童似的輕柔嗓音。浴室裡充滿了水聲和歌聲，陽光從小小的窗格灑入，從緬甸帶回來的沐浴乳散發著茉莉花香氣。

當你睡下了，我問她家裡發生了什麼事。

她一下子就紅了眼眶。

「我賺的錢不夠，」她用生澀的中文說，「不夠付女兒學費，女兒說媽媽太辛苦，所以要停止大學……」

「停止大學了要做什麼？」

「她想去外國做女傭賺錢，像我一樣。她說不要我一個人這麼辛苦讓她讀書。」

「你覺得呢？」

霧米抹抹眼淚，抬起頭看我，說，「我媽也是女傭。我小時候，她在香港幫人家帶小孩，我長到十幾歲才見到她，她回家是因為她生病了，很嚴重，不能再工作。現在我也打工，女兒小的時候，我在阿拉伯打工，後來在香港，現在在台灣也要五年了。我不要我的女兒跟我、跟我媽一樣，但是她如果不讀大學，以後就會跟我一樣……」

漁村

「她如果不讀大學，以後就會跟我一樣。」

美君，我聽過這句話。

說這句話的你，四十二歲。

我們住在一個漁村裡。漁村的屋舍低矮綿延，使天空顯得高遠遼闊，水鳥在銀色海洋和湛藍天空之間翻躍，海灘上的我們在放白色的風箏。風箏的薄紙被兇猛的海風撞擊得獵獵作響，但是無論怎麼撞擊都飽滿堅挺，迎風而上。那聲音此刻就在我記憶的海浪裡翻騰。

公務員父親帶回家的薪水在一個牛皮信封裡，那麼薄的一個信封，你把鈔票拿出來數，開始算，柴米油鹽之外四個小孩的學雜費怎麼分配。漁村的女兒們多數是去加工出口區做工的，綁著頭巾，騎著腳踏車，沿著兩旁全是魚塭和瓊麻的鄉村道路，一路踩進工廠大門。她們的工資被母親們拿去換來一隻又一隻的金鐲，一環一環套上手臂，整條手臂閃閃發光時，女兒就可以結婚了。

你對父親說，「她如果不讀大學，以後就會跟我一樣。」

跳格子

你說這句話時，有沒有前世今生的觸電感？十歲的你曾經站在你父親面前，堅定地告訴他你要和兄弟一樣背著書包上小學。十七歲的你，曾經站在父親面前要求到女子師範學校去註冊，你沉默寡言、從無意見的母親在一旁突然說，「讓她去吧。」

母親的堅定嚇了你一跳。

人生的曲折路，看不到盡頭也猜不到下一個彎向左向右。路面上畫著跳格子遊戲，你一格一格往前跳。當你跳到四十二歲的那一格，為女兒做主張的時候，前面的路你看得多遠？你有沒有看見自己的衰老？你有沒有閃過念頭，要為自己打算，為自己不甘，為自己怨嘆，至少，寵愛一下自己？

漁村的日出從水光瀲灩的魚塭那邊上來，漁村的日落從深沉浩瀚的大海那邊下去。當清新的晨曦照進你的房間，當柔軟的黃昏紅霞撞擊到你心裡的時候，你是否也曾經跟霧米一樣突然地悲從中來？

當你也加入那些漁村的女人，坐在矮凳上開始撬生蠔掙錢而割破了手指血流如注的時候，你是否曾經回想到自己在家鄉做姑娘、被人疼愛的時光？

在那數十年流離困頓的日子裡，你是否曾經因為思念你那沉默的母親而潸然淚下？你是否曾經因為自己二十四歲就走出了村子，與她此生不告而別、不曾守護她終老、不曾在她墳頭上過一柱香，而自責？

我從來不曾問過你。

給美君的信3

你心裡的你，幾歲？

往回看是零歲到六十四歲的波濤洶湧，滾滾紅塵；往前看，似乎大道朝天、豁然開朗，卻又覺得它光影明滅、幽微不定。

二月去潮州看你之後回台北的那一天，剛好是我生日。那朝氣蓬勃的助理特別在電話裡大聲交代，「半票，記得到窗口買半票喔，帶身分證。」

騙子

到了高鐵站，找到平常從未注意過的窗口，上面寫的是「孕婦、年長、無障礙專用」，窗口前剛好有三個人在排隊——我當場笑出聲來，簡直就是一齣搞笑舞台劇或是交通機構的拙劣廣告。你看，這三個排隊的人，第一位是個肚子圓滾滾往前挺、身體往後仰，幾乎撐不住自己體重的巨無霸孕婦，第二位是個拄著拐杖、駝著背的老爺爺，就差白鬍子了；第三位突然矮下去，是一個坐在輪椅裡的人，我排第四個，剛好俯瞰他的白色運動帽，帽沿寫著某某王爺廟贈。

紮著馬尾的大眼睛售票員高舉著我的身份證端詳，笑了，說，「這麼巧，今天第一次喔？」其實是「今生第一次」，我好像一個騙子魔術師，當場被拆穿，心虛地接過此生第一張老人半票，幾乎有衝動想跟她說，「對不起，不是故意的……」

進閘口、上電扶梯、走向車廂的一路上，我的思緒紊亂。

那個滿六十五歲的我，穿著七分長的卡其褲，踩著白色球鞋，背著背包，戴一頂藍色細條紋

棒球帽，帽檐壓著黑色的太陽眼鏡。你從前面會完全認不出我，若是從後面喊我，我可能不會回頭，因為聽不見，我的耳朵裡塞著無線運動耳機；凡走路時我大致快走，快走時耳機裡聽的多半是128BPM節拍數的電子音樂。這樣的我，接受老人的半票優惠，取之於社會，不該慚愧嗎？

可是六十五歲是一個人生的大門檻，文明社會用各種方法來簇擁這個大門檻的地標意義——統計人口學的關鍵數字、屆齡退休的分水嶺、保險費估算的指標、半票與免費的優惠起點等等，大張旗鼓地把你恭送到這個孤零零的山頭。你站在山頭，往回看是零歲到六十四歲的波濤起伏，滾滾紅塵；往前看，似乎大道朝天、豁然開朗，卻又覺得它光影明滅、幽微不定，若是極目凝視那長日深處，更彷彿看見無盡的暮靄蒼茫。

春秋

那天晚上，跟一個「女朋友」吃飯。身為著名大律師的她，剛滿七十歲。我問她，「不管人家看見什麼外表，你心裡的那個你，自我真實的感覺是幾歲？」

她安靜下來，認真地思索了一會兒，說，「我心裡的我，四十五歲。」

然後她用律師的精準分析把自己的心理狀態抽絲剝繭了一陣子，最後反問，「你心裡的你幾歲？」

我突然想到你，美君。我覺得我知道「你心裡的你」幾歲。

你七十歲那年，一口氣做了三件讓我們覺得不可思議而大大「嘲笑」的事情：一，隆鼻；二，紋眉；三，紋眼線。

行文到此，手指突然停在鍵盤半空中，我發怔——美君，會不會你那年其實也隆了其他的身體部分，譬如隆乳，只是不想告訴「可惡」的我們？

那是二十多年前的台灣，頭髮染成黃色都會被路人側目的時代，你會自己跑去做這三件事，我至今驚異不已。七十歲的你，頭髮已經半白，但是身體裡面藏著的顯然仍是一個浪漫慕情的女人，看著朝陽打亮的鏡子，嚮往自己有深邃如煙的眼神、英氣煥發的眉宇。七十歲的女人心裡深深隱藏著的自己，還是那耽溺於美的三十五歲吧？

也記得你七十五歲那一年，我帶你回家鄉杭州。在「濃得化不開」的鄉音氛圍裡，你像午夜的白曇花一樣打開了。我從沒見過你——一輩子端莊矜持的你，那麼豪放地飲酒歡笑，也沒見過你那麼放縱地釋放感情；你和一個好看的中年杭州男子說家鄉話，他尊敬地看著你，而你回報的是一種純情的、天真的、女性神魂的濃郁散發。我拿著酒杯坐在一旁，不說話，心中震撼：鄉音有怎樣一種顛倒乾坤的勾魂魔力啊，勾到你心深處一根以為早已斷裂萎縮的弦，使得你一時之間忘記了你的杭州青春時期，和今日的此時此刻，這中間已經物換星移春秋幾度。

那個回鄉的夜晚，表面上七十五歲，心裡的你，其實牢牢定格在清澈如水的十八歲。

媽的好得很

我嗎？回答大律師女朋友，我的「心裡的我」有兩個：一個五歲，一個三十九歲。

五歲，就是那個還沒進小學受制度教育、凡事驚詫著迷的年齡。我到池邊看荷花，是一葉一葉看、一朵一朵看、一莖一莖看的，好像出生以來開天闢地第一次看到荷花。回家發現照片裡的荷葉中心竟然有顆心，我會第二天清晨再飛奔荷塘，把荷葉一片一片捧在手裡細細看，數荷葉上有幾條梗，梗的線條從哪裡開始、哪裡結束，哪一條梗最突出，那個心究竟怎麼形成。

旅行時，兒子們常常得等我到路邊去看一隻大眼睛的乳牛、一隻歪嘴的胖鵝，一朵顏色稀罕的罌粟花，看飽了再繼續走。他們哥兒倆往往忍耐地站在旁邊，雙手相抱，彼此對望，安德烈假裝深呼吸，說，「好像帶一個五歲的小孩出門。好煩！」

在劍橋，看見據說是牛頓目睹蘋果掉下的那株樹，我站住，手指著樹，跟飛力普正要說，「你看，那棵樹……」十七歲的飛力普氣急敗壞，「你可不可以不要用手指著它，你像一個五歲的、什麼都是第一次發現的小孩，跟你出門實在太尷尬了！」

從他們的反應我逐漸認知到，跟不熟悉的大人朋友在一起時，我必須讓心裡那個五歲的人藏好。

我心裡還藏著一個三十九歲的人，清晨五點跟著128BPM的音樂勁走時，看見一〇一大樓方向第一道射進台北城的陽光，會突然想到北極暖化，冰山溶解，原來封凍的冰原阻絕突然變成巨艦艨艟的浩瀚航道，怦然心動，想去北極大海航行。

跟安德烈到緬甸蒲甘旅行，萬座佛寺佛塔散佈在萬畝的荒野沙漠裡，在地人建議我們租車，我說不不不，騎機車比較能深入窮村、探索廢寺。

我們一人騎一輛機車，在沙塵滿天的土路上顛簸，突然竄出幾百隻綿羊過路，安德烈煞車差點摔倒，他回頭大吼：「媽你還好吧？」

我笑著吼回去：「媽的好得很。」

夜裡，和安德烈坐在小木屋裡。熱帶的暴雨打在鐵皮屋頂，每一滴雨都像落地的轟雷爆炸，發出千軍廝殺、萬馬奔騰的聲音，他卻能一直安靜地在看一本關於十九世紀的書，這回突然抬頭說，「要跟你到緬甸或者秘魯這種需要體力的國家旅行，就一定得是現在。再過一兩年，大概就只能陪你去美國、加拿大、歐洲這類對老人安全的地方了……」

夜雨狂歌如夢，我明白他的意思。

九十二歲的你，如果能夠回答我，請問，你心裡最深最深的那個你，幾歲？

給美君的信4

生死課

我的孩子夥伴們
在他們人生的開始就有機會因目睹而理解：
花開就是花落的預備，生命就是時序的完成。

跟安德烈說一個好友詩人的故事。詩人深愛他受苦的母親。母親死後，他把骨灰長年放在一個美麗的盒子裡，擺在書房。每次搬家，盒子就跟著搬。有一次半夜裡來了小偷，早上醒來，盒子不見了。

「你要不要把我的骨灰也放在你書房，擺書架上？」我問安德烈。

我們在緬甸茵萊湖畔一個旅店裡；兩張古典大床，罩著白色紗帳，外面雨落個不停，我們在各自的帳內，好像國王在享受自己孤獨又奢華的城堡。

趴在床上看電子書。安德烈頭也不抬，說，「不要。」

「那……」我假作沉吟，然後說，「這樣吧，我很公平。骨灰分兩盒，你一盒，弟弟一盒。你是老大，拿大盒的。」

他說，「不要。還是做個墳吧。」

「要墳幹什麼？」我說，「浪費地球。」

「有個墳，我們才可以收文青觀光客的錢，誰要來看作家的墓，收門票。」

我不理他，繼續跟他分析：灑海上，不一定要到海中央，搭船多麻煩，或許到無人的海濱岩石即可；埋樹下，選一種會開香花的樹，花瓣像白色蝴蝶一樣的花；也可以「草葬」，就是埋入一片什麼都沒有、只有綠油油的草地下，讓掉下來的枯葉覆蓋……這時他放下了書，隔著紗帳，說，「你有沒有想過：如果有墳，我和飛力普就有理由以後每年依舊來台灣？沒有墳，我們和台灣的聯繫可能就斷了……」

最後的搖籃

有一年我到了一個小鎮叫吳集，在湘江的支流洣河畔。沿著河是一條彎彎曲曲的古街，家家戶戶門簷相銜，老人坐在大門口閉著眼睛曬太陽，花貓從門檻裡探頭出來喵喵叫。傳統的老屋裡頭都很暗，但是當我這麼一腳高一腳低走過，屋子裡有一件東西是看得很清楚的。

幾乎每一家幽暗的堂屋裡都擺著一具龐大的棺材。

頓時所有關於死亡的聯想瞬間浮現，像走路時突然一張大蜘蛛網蒙得你滿頭滿臉。河裡有披髮的水鬼，山裡有跳動的殭屍，樹上吊死的人在蹬腿，鬼火在田埂間閃爍，棺材總是在半夜發出指甲抓木板的聲音……

我在河邊一塊大石頭坐下來，開始檢討自己：為什麼二十一世紀的我看到棺材覺得恐怖？屋裡若是擺著一個搖籃，我會覺得靜謐幸福，而棺材只不過是一個人最後的搖籃，為什麼我感受的是恐怖？

那坐在棺材前面舒舒服服曬太陽的老頭，對棺材的想像和我是截然不同的。他和他的同代人，只要有一點財力，一過四十歲就趕快為自己買下一口棺材，放在客廳裡象徵升官發財，如同我們買玫瑰花傾吐愛情、百合花傳達純潔，或者過年時擺出一盆黃澄澄的橘子樹，祈求好運。棺材也是他的金融保險，明白昭告子女，以後老爸的喪葬不會成為他們的負擔。女兒出嫁時，如果承擔得起，他甚至可能在嫁妝清單裡包括女兒的棺材，豪氣萬丈贏得親家的尊敬。棺材，和珠寶、汽車、房產一樣，是辛勤累積的資產；死亡，和出生、結婚、上榜一樣，是尋常生活的一環。

為什麼到了我的所謂現代，死亡變成一個可怕的概念，必須隱藏在看不見的地方？

小白花

而你是從那個時代走出來的人，美君，從小就騎竹馬繞著你外婆的棺材玩耍長大。如果不是在二十四歲時永別了家鄉，你很可能在四十歲那一年就為自己買好了棺材。

可是你突然變成一個離鄉背井的人。

離鄉背井的意思，原來啊，就是離開了堂屋裡父母的棺材，而且從此無墓可掃。

你知道我在苗栗讀小學時最羨慕的，就是同學常常有機會請假。他們突然消失幾天，回來時手臂上別著一朵小小白花。他們「享受」的是喪假——曾祖父死了、曾祖母死了、叔公死了、舅公死了、祖父死了……

鄉下的孩子活在大家族的網絡裡。竹林簇擁著三合院，三合院簇擁著曬穀場，曬穀場旁幾株含笑樹開著香氣甜膩如麥芽糖的含笑花。牆上掛著幾代祖先的黑白肖像，鮮花蓮燈日夜供著；井邊坐著遠遠近近的親戚嗑瓜子聊天。辦喪事時，整個村子都動起來——大半個村子同一個姓。

我知道的是，清明節的時候，夥伴都不找我了，因為他們必須跟著家族去掃墓。有時候，一家一姓的墓從各方湧來幾百人祭拜，山坡上滿滿是人，青煙白幡，如嘉年華。

我不知道的是，這些夥伴們在上一門學校沒教而我沒機會上的課。

在綿密的家族網絡中，他們從小就一輪一輪經驗親人的死亡；他們會親眼看見呼吸的終止、眼皮的闔上，會親耳聽見招魂的歌聲，會親手觸摸骨灰罈的花紋，會親自體驗「失去」的細微。他們從日常生活裡就熟知：在同一個大屋頂下，他們自己在長新牙，而同時有人在老，有人在病，有人在死，有人在生。大家族裡，有人在地下腐化變成潮濕的泥土，有人在土裡等候七年的撿骨。

我的孩子夥伴們在他們人生的初始就有機會因目睹而自然天成地理解了莊子：朝菌暮枯，夏蟲秋死，花開就是花落的預備，生命就是時序的完成。

身教

也就是說，因為薪火傳承的細密網絡沒有斷裂，他們有一代又一代的長輩，接力地在給他們進行「身教」：祖父母「老」給他們看，父母伺候長者「孝」給他們看，然後有一天，祖父母「死」給他們看，父母處理喪事「悲欣交集」給他們看。等到老和死輪到他的父母時，他已經是一個修完生死課程學分的人了。

身為難民的女兒，我的家族網、生命鏈是斷裂的，除了父母之外不知有別人。於是人生第一次經歷死，晴天霹靂就是與自己最親的父親的死；第一次發現「老」，就是目隨最親密的你，美君，一點一點衰敗。本地孩子們的生命課得以循序漸進、由遠而近地學習，我的課，卻是毫無準備的當頭棒喝。

而你呢？

二十四歲開始流離，你完全錯過自己父母的老和死，在兵荒馬亂的歲月裡用盡心力掙扎每日的生存，怕是連停下腳步想一下生命的空間都沒有。但是這豈不意味著——此刻你自己的「老」，對你是個毫無準備的晴天霹靂？你這一整代的流離者，譬如那些老兵，面對自己的老和死，恐怕都是驚訝而惶恐無措的……

而我的課，雖然遲，卻已經有你們的身教——父親教我以「死」，母親誨我以「老」。安德烈和飛力普目睹你們的老和死，同時長期旁觀我如何對待逐漸失智的你、如何握住你的手，他倆倒是循序漸進地在修這門生死課程。

紗帳

緬甸白色的紗帳，使我想起台灣的童年，全家人睡在榻榻米上，頭上罩著一頂巨大的蚊帳，夜晚的故事都在溫柔的帳裡絮絮訴說。此刻安德烈在他的紗帳裡，又低頭看他的電子書。我問，「你的女朋友現在在哪裡？」

安德烈一年有三週的假，他的分配是：一週給媽媽；一週給女友；一週給他酷愛孤獨的自己。

「她在越南，帶她媽旅行。」

我有點吃驚，「她也在和母親旅行？」

我問，「是你倆特別，還是，你們這代人都懂得抽時間陪父母旅行？」

「不少朋友都這麼做啊。」

突然想到，過幾天和安德烈分手以後，飛力普就緊接著從維也納飛來台北相聚，這麼恰巧的接力陪伴——我動了疑心，問：「是湊巧嗎？」

安德烈仍然看著書，不動如山，說，「這個嘛……我們倆是討論過的。」

總是在機會過去之後，
才明白，我必須學會，
把暫時見到當做
天長地久

1919

凡爾賽

美君還沒出生，但是她將來會愛上天涯與共的人，一九一九年出生在中國湖南一個山溝溝的農村裡。

這一年的六月二十八日，巴黎西南大約二十公里處的凡爾賽宮擠滿了人。皇宮的一個側廳裡，各國政要和將軍們不顧體面，緊張得站到了椅子上，伸長脖子看向隔壁的「鏡廳」；從一年前巴黎和約一直吵到此刻的凡爾賽條約，就要在這個廳裡簽字了。

傷痕累累、報復心切的戰勝國在此時此刻簽下的條約，讓德國失去百分之十的國土，百分之十二的國民，百分之十六的煤礦，百分之五十的重工業，還有，德國必須付出兩千六百九十億帝國馬克或九十六萬噸黃金的賠款。這個復仇數字使德國幾近崩潰。集體壓抑的憤恨和民族悲情是獨裁者的溫床，希特勒激情上台。

德國的一戰賠款，到二〇一〇年十月三日，才付出最後一筆。

戰勝國也得到教訓。二戰後，就不敢要求賠款了。

烈士

列強竟然把德國在中國佔領的權利送給了日本。一九一九年五月四日，大批憤怒的學生衝進外交總長曹汝霖的家。當時的學生領袖、後來的清華大學校長羅家倫回憶說，剛好歸國述職的駐日公使章宗祥老老實實被逮住了。學生開始圍毆；屋裡一張鐵床被拆卸成一根根鐵棍，把章宗祥打到遍體鱗傷腦震盪；送到醫院時，醫生宣稱病危。

學生掏出原來就準備好的「自來火」，開始縱火。曹汝霖的住宅燒成灰燼。在激烈的運動中，一個原有肺病的同學，跑得太用力，吐血加重，沒幾天就病亡。學生緊急商量：燒了總長的房子，重傷了駐日公使，這會變成棘手的「官司」，怎麼辦好？

運動需要有策略，學生決定對外宣稱說，那死於肺病的學生是曹汝霖的傭人活活打死的。

一個五四烈士就誕生了。追悼會與鮮花，日日上場。

愛國學生繼續鼓動，政府陸續逮捕了近千學生。上海和天津加入罷市，要求釋放學生。最後軍警悄悄撤退，放學生回家。學生卻拒絕出獄，因為一出獄，緊張對峙的氛圍就沒有了，而運動需要對峙氣氛的加溫。到了次日，軍警來哀求學生出監獄。羅家倫先生說，車子來接學生回家，一個總務處長對學生打躬作揖說，「先生已經成名了，趕快上車吧！」

北京

1919

荒村

一九一九年寒酷的冬天，湖南衡山縣裡一個家徒四壁的草房裡，二十五歲的農婦龍正坤，村裡窮秀才的女兒，欣喜萬分生了一個健康的兒子，命名槐生。

前一年，南北戰爭才剛結束。那個時代的戰爭，說不清究竟是誰在打誰，也說不清是為了什麼而打。龍正坤知道的是，養活孩子不容易。

打仗的軍閥需要搜刮村民才有糧食，需要招兵抓人才有士兵。所以正坤知道的就是，天地無情，莊稼種地裡，水災旱災蝗蟲，年年來；即使莊稼足，家裡的男孩也恐怕留不住，兵匪成群，不是少了糧食就是丟了男孩。

軍閥需要糧餉，入村搜刮，所得入了軍閥自己的口袋，部隊其實仍然挨餓，於是兵就變成山裡的匪。匪又怎麼活呢？下山搜刮村民。

流落異鄉的士兵，把槍械轉賣給土匪，而軍閥需要兵力，又來招撫土匪，土匪又變成了兵。

就農婦正坤而言，各路軍閥一時南，一時北，掃過一次剝一層皮。各路土匪忽而東，忽而西，下山一次削一層骨。村子永遠被看得見的塵土和看不見的恐懼覆蓋。

1919

中國孩子

槐生上學要走很遠的路。冬天放學回家，天色早黑，小小的身軀在冰天雪地裡跋涉，頭上一片冰霜，腳上滿是凍瘡。回到家，手指直不起來，嘴唇發紫，餓得頭暈目眩。晚上，在煤油燈下趴在矮凳上學寫字。

曾任駐美大使的蔣廷黻在湖南邵陽長大。上私塾時印象深刻的是，小孩不准遊玩，不准運動。玩和運動，都有害讀書。

有一次他和哥哥下棋，被老師從窗外瞥見。兩人被叫到面前，「你們是要挨板子還是罰跪？」

哥哥勇敢，選擇挨打，老師打到板子斷裂，才停手。蔣廷黻選擇罰跪，跪了很久很久。

一九一九年五月十八日，首次訪華的美國哲學家杜威從南京發出一封家書到美國，寫他看見的中國孩子：

真想有幾百萬可以為他們廣設遊樂場、買玩具。我覺得中國人的被動、缺乏自發性，絕對和他們讓孩子過早長大有關。孩子們還沒長大就先老了。三十多萬人口的城市小學不到一百所，每個小學也只有一兩百個學生。街上看到的孩子，多半就只會瞪著眼呆看；他們聰明、人模人樣、表情也還愉悅，但是嚴肅老成得令人難以忍受。

後來槐生教育自己愛玩的兒子，說，「你是要挨板子還是罰跪？」但是對於女兒，因為不期待她「成器」，就讓她隨便玩。

1912—1949

田禾淹沒、顆粒無收

一九一二年湖南等六省水災；一九一三年湖北等九省水災；一九一四年廣東等十一省水災；一九一五年湖南等十二省水災；一九一六年淮河運河長江水災；一九一七年河北等七省水災；一九一八年湖南等九省水災；一九一九年安徽等十省水災；一九二一年河南等八省水災；一九二二年江蘇等四省水災；一九二三年水災遍及十二省；一九二四年廣東等十二省水災；一九二五年黃河潰堤；一九二六年皖、魯水災；一九二七年長江下游及甘肅水災；一九二八年湖南等九省水災；一九二九年四川等三省水災；一九三〇年陝西等十一省水旱蟲災；一九三一年江淮大水災；一九三二年吉林等十二省水災；一九三三年黃河大洪災；一九三四年湖北等十一省水災；一九三五年湖北福建等十七省水災；一九三七年四川等四省水災；一九三八年河南等三省及淮河流域水災；一九三九年河南等四省水旱蟲災；一九四〇年黃河決口；一九四二年黃河洪水；一九四三年湖南湖北水災；一九四四年湖南等數省水災；一九四五年湖北等數省水災；一九四六年湖南等十九省水災；一九四七年湖北等數省水災；一九四八年湖南等數省水災；一九四九年全國各地水災……

（《古今農業》1999 年第二期）

中國紅十字会安平縣掩埋溺骸及被水沖去之屍骨

1925

大餅

美君出生在一九二五年。

法國漫畫家把中國畫成一個大餅，各國拿刀分餅。美君讀小學時，老師就告訴她中國被列強瓜分了。美君的「中國」，是「中華民國」，但是瓜分究竟是什麼意思呢？

杜威在一九一九年五月到了上海，他很震驚他所目睹的中國：

……工人一天的工資大概是美金兩三毛錢，童工只得九分錢，鐵工廠停擺，煤礦油田沒開發，也無鐵路可運輸。

中國人為全世界製作瓷器，但是他自己連小碗小碟都向日本人買。中國人有棉花，但是他們向日本人買棉衣。他們所有的日用品都跟日本人買。再小的鄉鎮裡你都會看見日本人，他們像一個大網，中國人像魚，大網正朝魚收攏。

中國所有的礦藏都是日本的獵物，而日本賄賂了北洋政府，已經達到百分之八十的礦藏……上海外圍十里就有淺層煤礦，卻是日本人在開採。長江邊就有鐵礦，是日本人整船整船運回日本。他們付給做苦工挖礦的中國人多少錢？每公噸四美元。

杜威才剛上岸沒幾天，就說：

這樣下去，不出十年，中國就會完全被日本軍事控制。

後來中華民國因為打敗仗，搬到一個小島上去了。我的老師繼續告訴讀小學的我，列強如何瓜分中國。

PORT-ARTHUR
CHINE

1935

親愛的媽媽

一九三五年十二月三十日凌晨兩點四十五分，法國人安東尼的飛機墜落在沙漠裡。他和負責導航的同伴身上只有幾粒葡萄、兩個橘子、幾片餅乾和一天份量的水。沙漠苦旱，即使遇見湖，那水也是毒鹹的。安東尼徹底脫水，海市蜃樓開始出現，幻覺嚴重。他後來寫《小王子》，幾乎是半個自傳。

三天後獲救。安東尼在醫院裡醒來第一件事，是給媽媽寫信。

開羅，一九三六年一月三日

親愛的媽媽：

讀完您的來信，我感動得都哭了。我每天都在沙漠裡深深地呼喚您的名字，但是這荒無人煙的沙漠每次都吞噬了我的深情。

我就這麼丟下孔蘇埃洛真的是太自私了，她那麼需要我。我多麼想回來保護、照顧你們，但是這無邊無際的沙漠擋住了我的去路。我恨這沙漠，我們翻山越嶺為的就是能早日和你們見面，我多麼需要您的關懷和照顧啊，現在的我就像隻極沒安全感的小羊一樣在呼喚著您。

我想回來的原因之一是擔心孔蘇埃洛，但其實，我是太想您了。您瘦弱的身軀下有一個強大敏慧的靈魂，每天在保佑，祝福著我。夜深人靜的時候，我都只為您祈禱，您知道嗎？

安東尼

給美君的信 5

卿佳不？

我相信「初月帖」是他們之間的暗號，
在某一個月亮從山頭升起的夜晚，當江水蕩漾著銀光，蘆葦中蛙聲四起，
那時那刻，他們還深信人間的愛和聚，可以天長地久。

有一天晚上到一個派出所去報案。所謂報案，就是報備遺失文件，立案了才能申請補發。

我可是在派出所裡頭長大的女兒啊，你記得嗎？五十年代的鄉村派出所或大一點的分駐所，位置一定在便於控管的要衝，基本上都是日本統治者精選的地點。軍艦灰的鐵製辦公桌，兩邊各有一落抽屜；桌面鋪著一塊大玻璃，從側面看，感覺玻璃是深綠色的。每一個警察的玻璃桌面壓著的，一定是家人照片。那時的人，多半沒有照相機，所以玻璃下大大小小的照片，不是笑臉燦爛的歡樂百態，而是照相館拍出來的正經八百的肖像。申請證照用的呆板大頭像之外，就是規規矩矩在攝影師一聲令下擺出姿態來的全家福，每個人的眼睛認真瞪著鏡頭，表情都像在說，不要眨眼，這輩子就這一刻而且，照相好貴……

就這一刻

這種「這輩子就這一刻」式的黑白照片，總是讓我想起德國女朋友安琪拉說的故事：納粹對猶太人的壓迫越來越明顯的時候，鎮裡照相館的生意突然都發了。大家攜老扶幼地去拍「全家福」，她家的照相館一夜之間變成餐館一樣地川流不息。

「這輩子就這一刻」的時代情緒，在今天手機隨走隨拍隨刪的小確幸消耗時代裡，恐怕恍如隔世地難以傳達了。奧地利的法蘭克（Viktor Frankl）有過「一刻」，很難忘。身為維也納頗有名氣的精神科醫生，他跟著維也納其他的猶太人被送進了集中營。有一次在轉送途中，他發現火車馬上要經過他的家，而所有的人都關在一節從外面上了鎖的悶罐車廂裡，只有一條破縫。幾個受難的同胞擠在那道縫前，死命盯著外面不斷掠過的光影。法蘭克低聲下氣地請求這幾個人給他一寸空間，讓他看一眼他家破人亡的「家」，就那麼一眼、一刻、一瞬間，看一眼他此生再也無法見到的家。

如果是你，你會不會讓給他呢，美君？

我不知道我會不會。在那個隨時有人窒息而死的悶罐車廂裡，每一個人都在縫裡尋找他破碎了的人和家。

轟隆轟隆火車瞬間就過去了，沒有人讓開。法蘭克沒能看一眼那鐵軌旁的家，它永遠地沉入歷史的煙塵。

找人

我記得高雄茄萣鄉的一個警員，他也有兒子的照片壓在玻璃桌上，一個跟我同年剛考上初中的瘦小男生，兩隻耳朵尖尖往上豎著，像兔子。那一天消息傳來時，我正在廚房裡看你燒菜，菠菜丟下熱炒鍋嘩啦一聲，冒出熱氣，住在院子裡的另一位警員妻子衝進來淒厲地喊，「就是他們，就是他們。」

他們，警員父親帶著兒子共騎一輛摩托車去跟熟人借學費，一家一家去借，回家途中被火車撞上，連人帶車給拋進稻田裡，當場死亡。也就是那麼一刻，家破了。

到今天，我仍然無法理解一個國家可以要求警察跟他的家人活在每日提心吊膽的風險中卻又給他低微的報酬和沒有尊嚴的生活。

「遺失什麼證件？」年輕的警員問。他的辦公桌，跟五十年代我熟悉的桌子差別不大。此刻他坐在桌前，我坐在桌側，彼此的方位如同他是問診的醫師，我是求助的病人。當他把資料一一鍵入電腦時，派出所入口的自動玻璃門突然打開了，一個矮矮胖胖的老婦人站在門口，玻璃門因為她的體重暫時開著，她卻站在門檻不動，讓人擔心兩邊的自動門會馬上向她襲來。

她穿著拖鞋，七分長的花布褲，短袖花布衫，有點髒。頭髮燙得焦黃，一臉茫然，看著裡面忙碌的警察。有人招呼她進來，我乾脆起身走到門邊牽她的手，把她帶到我身旁的椅子坐下。

她惶惶然問我，「我女兒呢？」

「嗄……你女兒？」

我愕然看警察，警察邊打字邊說，「你坐一下，我們馬上幫你找喔。」

她很乖順地依傍著我坐著——現在任何人踏進來，會以為我們是一對報案母女了；我問她幾歲，她說八十五。問她名字，她說叫阿娥，問她住哪裡，她說派出所後面。她的手緊緊抓住我的手，眼睛始終充滿恐懼和惶惑，「女兒，我來找女兒，我女兒在哪裡？」

另一個警察也從手邊的事抬起頭來越過兩張桌子對阿娥說，「等一下帶你回家，不要怕。」警察把遺失證明遞過來給我，我問，「你們認得阿娥？」他點點頭。

「你們知道她女兒在哪裡？」他點點頭。

這倒蹊蹺了。到派出所來找自己的女兒，她女兒哪去了，警察竟然都知道？監獄嗎？

送我到門口的警察小聲說，「阿娥女兒死了好幾年了。她天天來找，我們天天送她回家。」

初月

一張黑白照片突然從紙堆裡掉了下來，無聲地落在地板上，人像朝上，一個笑意俏皮的年輕女子對著鏡頭，雙眼皮非常鮮明。半高的領子立起，看得出是民國時代女學生的旗袍。

怎麼突然想起那張照片飄落的剎那？

小學校長余舅舅手裡拿著信，當著你，當著我們小輩的面，全身發抖，然後垮在藤椅裡抱頭痛哭。

凡是來自浙江淳安的你的男性同學或朋友，我們一概稱舅舅，不同於父親的湖南鄉親稱叔叔伯伯。在我們朦朧的認知裡，來自父親南嶽瀟湘的長輩，在戰場上踩過太多屍體，在離亂中見過太多悲慘，一般都有江湖風霜之剛氣。我們稱「舅舅」的，卻大多是文人氣很重的江南書生。余舅舅風姿灑脫，手裡常握一卷線裝書，寫得一手好字。他常常不打招呼，一推紗門就進來，用淳安話朗聲問，「美君小妹」在不在家。

這封信是寄給我，由我從美國帶進來轉給余舅舅的，所以我已先讀，而且怕轉寄遺失，鄭重地手抄一遍。余舅舅兩個月前寫了一封信託我從美國寄到浙江家鄉，今天得到的是第一次的回音。寫信的人有個素雅的名字：香凝。美君，在你似睡似醒的靈魂深處，是否還記得你的兒時玩伴香凝表姐？

「自君別後，」香凝的筆跡端整，每一筆一劃都均勻著力，「倏忽三十載……」三十年中，比當年戰爭和離亂更暴虐、更殘酷的國史在家鄉開展，香凝在人性崩潰的爛泥裡多次動念自殺，「念及君猶飄零遠方，天地寂寥，無所依靠，乃不忍獨死。」

分手時，香凝二十歲，寫信時已五十歲。「與君別時，紅顏嫣然，今歲執筆，凝已半百，疏髮蒼蒼，形容枯槁。」但是三十年前在祠堂前分手那一刻的誓言，她做到了：香凝終身未嫁。

我以為，接下來香凝要問的，當然是可憐的余舅舅是否也守了信約。我們知道他沒有。余舅媽就是同一個小學的國文老師，南投人。我們小輩去喝過他的喜酒，這表示他晚婚。

但是香凝的信，結束得太讓我意外了。交代完她自己的別後三十年，最後只有兩行字：「得去月書，雖遠為慰，過囑。卿佳不？」

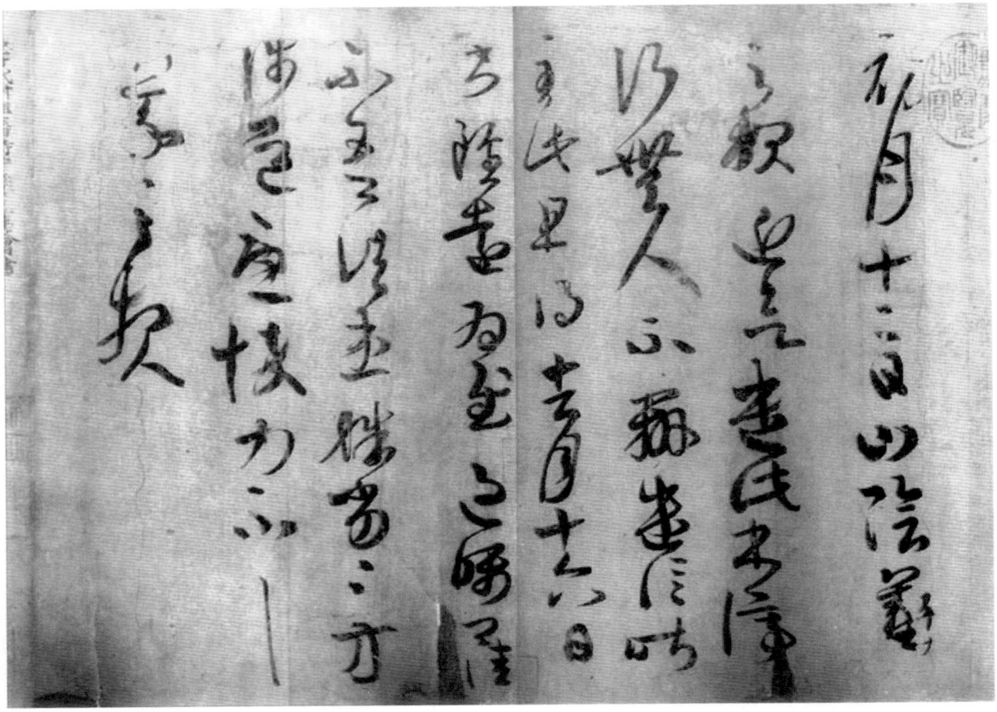

美君，你不理解我的反應。我震撼得說不出話來，但是從來不曾跟你談過這件事。香凝最後的那句話，來自王羲之的「初月帖」：

初月十二日，山陰羲之報。

近欲遣此書，濟行無人，不辨遣信。

昨至此，且得去月十六日書，雖遠為慰，過囑，卿佳不？

王羲之在一千六百年前寫給好友的信，說，「收到你上月十六日的來信，雖遙遠卻很欣慰，勞你萬端牽掛——你好嗎？」

香凝在生離死別、天地寂寥中苦等三十年之後，竟只輕輕問對方：卿佳不？

我相信「初月帖」是他們之間的暗號。

在某一個月亮從山頭升起的夜晚，當江水蕩漾著銀光，蘆葦中蛙聲四起，那時那刻，他們還深信人間的愛和聚，可以天長地久。

給美君的信6

母獸十誡

傷心的同時，我在想：
是的，孩子，如果倫理變成壓迫，親情變成綁架，
你就應該是那個站起來大聲說「不」的人。

雖然你也許不知道，但是我真的到南方來長住了。只有朝夕在身邊，才會看見時間的鑿工怎麼精密地在毀壞你的肉體，一天一點點，堅決鑿空你。前天用棉紗幫你擦眼角時，你突然全身傾斜，黑眼珠卡在眼角，翻出眼白。昨晚看你泡腳時，發現腳趾頭下面長了兩個硬雞眼。

時間鑿工

怪手拆房子一塊一塊敲破牆面之前，房子的水電都已經切斷了。時間鑿工不僅只破壞你的肉體面積，他還抽掉你的認知神經，使你變成一個沒水沒電的空屋廢墟。問「疼不疼？」你無法回答。問「喜歡嗎？」你無法點頭。問「開心我在嗎？」你沒有反應。

但我想像你什麼都了然於心，那心在深不見底的水裡，在一個專鎖靈魂的黑盒子裡，所以我就跟時間鑿工約定，鑿他儘管鑿，做為你人間的女兒，我依舊握你的手、撫你的髮、吻你的額、問早安問晚安問你疼不疼。

可是，如果你是我的婆婆，我會這樣對待你嗎？

自由派

事情是這樣開始的。六月初，飛力普從維也納飛到台北。他其實在準備畢業大考，有兩週的複習假，就決定抱著一堆書本飛到我身邊做功課。

「你其實沒你以為的那麼自由派耶……」

兩個兒子對我的批評向來尖銳，但是飛力普這個批評，我不服氣，「舉例說明！」

「譬如說，」他好整以暇地，「我十四歲你就說過，你不希望我是一個同性戀。」

「此例不佳，」我說，「我有跟你解釋原因；如果你是的話，沒問題，只是我擔心你會比較辛苦，譬如，找伴可能比較不容易，會比較寂寞……」

「你的認知不正確啊，」他說，「同性戀找到伴侶不比異性戀困難。」

「認知不正確不代表不是自由派啊……」

窗外的雨淅淅瀝瀝下著，最舒服的地方是自己家裡。我們各自佔據一個沙發，半躺半倚，光腳閒散搭著茶几，他的腿上擱著打開的電腦，我的裙子上盤著打盹的貓咪，就這麼有一句沒一句地聊起來。我這個知識分子媽媽夠不夠言行一致地實踐「自由主義」成為辯論題目。為了挽救形象，我說，「那你記不記得，你十四歲第一次去一個整夜不歸的派對時，我對你說什麼？」

飛力普點頭。「記得。你說，兒子，你懂得用保險套吧……」

「你看吧！」我說，「當時你沒覺得你媽很開放明理？」

「當然沒有，」他笑了，「只覺得你落後，好笑；我們誰不懂得用啊？學校早就教過的，我們十四歲比你還懂。」

我有點洩氣，他乘勝追擊，說，「你再想想你對我女朋友的態度，看你有多麼自由派……」

小三

談到兒子的女朋友，美君，我真的被打敗了。

人生裡有很多角色扮演，而誠實的人在不同角色之間必須有一致性。一個在廣場上慷慨激昂演講自由民主的鬥士，回到家裡卻是一個暴力丈夫、獨裁父親？一個出書教導青年如何奮發向上的教授把學生的成果拿來做自己的論文？一個專門諮詢婚姻美滿的專欄作者被發現戴著口罩和情人暗巷牽手？

我自認是個講究事理邏輯、主張開放寬容的自由主義信仰者，可是，當兒子真的有了一個「看起來非常認真」的女朋友時，我發現自己只有一個感覺：和兒子之間，有了「小三」。

我一瞬間退到了原始部落的母獸起點。

然後一貫誠實地和飛力普分享內心的掙扎：終於明白了為什麼中國古典小說裡都是婆婆折磨媳婦的故事，為什麼那麼多關於媳婦吞金、跳水、喝農藥自盡的故事；終於明白了為什麼會有那種我從前覺得無聊透頂的所謂機智問答——「你媽和你妻同時溺水，你救誰？」

原來，「婆婆」和「媳婦」這兩個位置是天生相剋的；兩個女人同時愛一個男人。

我跟飛力普說：我也想毒死她呢……

他說：神經病！

全球化的意思就是，你最親密的人，住在萬里之遙，所以我的考驗，一般也不發生，直到有一次到歐洲出差，約飛力普來我的城市會合。

「我得帶她一起。」做兒子的說。

「可是幾乎半年不見你了，」做母親的故作平靜地說，「我想和兒子獨處幾天。這不難理解吧？」

電話上一陣沉默。做母親的等著。

最後兒子開口了。

「媽，」他說，「我知道這對你很不容易，但是你必須學習接受。要不就是我和她一起來，要不就是我也不來了。你決定。」

我在電話裡安靜了片刻。母獸受傷情緒一時調整不過來，想對著電話掉幾滴眼淚，但是對兒子的尊敬是油然而生的。傷心的同時我在想：是的，孩子，如果倫理變成壓迫，親情變成綁架，你就應該是那個站起來大聲說「不」的人。

後來？後來當然是他們兩人手牽手同來。後來當然是我見到了一個美麗、聰明、自信又有獨立想法的年輕「小三」。後來當然是我又失落又委屈又掙扎地強迫自己「學習接受」，接受什麼？

接受自己過去哺過乳、洗過澡、一輩子牽掛著、愛著的男人其實是另一個女人未來將一輩子牽掛、愛著的男人；你們兩個女人短暫交會於現在，但是你屬於過去，她屬於未來。對兒子的人生幸福而言，她，比你重要多了。

絕對不要

四年的「母獸自我再教育」下來，又看到一些其他母獸的行為，我已經有些心碎的體會可以分享了，主要是你「絕對不要做」的十件事：

一，絕對不要對兒子說她的壞話；那是道德壞榜樣，而且，別以為他不會在枕頭上一一告訴她。

二、絕對不要指揮她怎麼帶孩子。孩子是她的。別忘了她也是全權母獸。

三、絕對不要事先不約就突然出現在他們家門口。你或許以為是驚喜，在她是驚嚇。

四、絕對不要在偶爾幫他們看小孩時「順便」移動他們的傢俱。女人和貓一樣，傢俱換位置會抓狂、得內傷。

五、絕對不要在家族聚會拍合照時對她揮手說，「你走開一下，這張只要原生家庭成員」。

六，絕對不要期待他們所有的假期都來你這裡過。因為，如果你是她媽，你會希望每次放假她都帶著你的兒子來你的家。

七、絕對不要說你兒子多好——他的好與不好，難道她不知道嗎？你只不過在酸酸地暗示，她沒你兒子好。唉，何苦呢？

八、絕對不要給「金玉良言」。你喜歡過你婆婆的「金玉良言」嗎？

九、絕對不要認為她應該伺候你的兒子。如果你是她媽，你會希望她的男朋友伺候她，剝好蝦子光溜溜地一隻一隻送到她嘴裡。然後幫她洗盤子。

十、絕對不要問兒子：「如果我跟她都掉到水裡，你先救誰？」兒子若是誠實作答，你要傷心。

認了

回到你，美君，如果你不是我媽而是我的婆婆，我會不會這樣決絕地遷居南下，朝夕相伴，陪你走最後一哩路？我會不會這樣地握你的手、撫你的髮、吻你的額，而你甚至不認得我？

大概不會。

所以，就認了吧。「小三」不會對你像女兒般的親，可是，她會愛你所愛的人，給你所愛的人帶來幸福。母獸，這還不值得你全心擁抱小三嗎？

給美君的信7

二十六歲

他二十六歲，我六十四歲——
他做了我當年該做未做的事……

那一年，耶誕節那種像奶油蛋糕過度甜膩的氣氛充滿在空氣裡。美國人毫不遮掩，就是愛甜膩，甜膩就是人間幸福。

紐約冬雪

我是個窮學生，一杯咖啡都有點負擔不起，但是大雪初落的紐約街道實在太冷了。看見這家咖啡館，迫不及待就踏進來，暖氣像貓一樣熱融融地撲進懷裡，咖啡香氣繚繞在人們愉快的喧嘩上。我選窗邊的位子坐了下來。雙手捧著熱熱的咖啡，看著窗邊不斷流過去的行人。

突然有一對母女，手挽著手停了下來，就在我的玻璃窗前，往咖啡館裡頭探看。媽媽的銀白頭髮挽成一個髮髻，女兒大概二十多歲，留著披肩長髮，黑呢大衣胸前別著一枚胸針，是保護野生動物的標誌。大衣很厚，更顯得她們的緊緊依偎。女兒別過臉去，似乎在問媽媽：這家怎麼樣？滿臉皺紋的媽媽笑得開懷，伸出手把女兒頭髮上幾絲雪片撥開。

二十六歲的我，突然熱淚盈眶，眼淚就簌簌滴進咖啡裡。

在我們的文化裡，哪裡有「母女專屬時間」這個概念？這個社會向來談的都是我們要給孩子相處的「品質時間」，陪伴孩子長大，什麼人談過我們要給父母「品質時間」，陪伴他們老去？

我在紐約咖啡館裡坐著的時候，美君你正在高雄路竹的鄉下養豬。女兒出國深造，兩個弟弟大學還沒畢業，你們仍然在勞動，為了下一代的教育。

離開紐約咖啡館，路上積雪已經到腳踝，濕淋淋的雪如同冰沙稀泥，沾了整個皮靴。我跋涉的是雪泥，你在路竹的冬天，涉入冰涼的溪水採割牧草，一綑一綑地，準備背回去餵豬。

那是我第一次發現，兩代之間的「品質時間」，並不僅止於給予下一代的孩子，還在於回首上一代的父母，這將是一輩子要堅守的幸福儀式。

世代

和飛力普走在維也納的街頭。他很高，我像個小矮人一樣傍著他走路。我說，「我們對於爺爺奶奶那一代人心中有疼惜和體恤，因為知道他們從戰爭和貧窮走出來，為我們做了很大的犧牲。你們對於我們這一代，大概沒有這種感恩和體恤吧？」

他老實不客氣地說，「沒有啊。不批判你們就很好了。」

「什麼意思？」

「爺爺奶奶那一代人讓你們這代戰後嬰兒每個人都鵬程萬里，讀博士學位、得高薪的工作、買房子、存錢投資，日子過得太好了。我們應該要抱怨怎麼你們嬰兒潮世代把我們這一代人搞得這麼慘。」

「怎麼慘？」

「你看看這些房子，」我們剛好走在維也納的市中心，周遭是一排一排奧匈帝國時代美麗古典又厚實的建築，「我們這一代人很清楚一件事：就是，這輩子再怎麼奮鬥也買不起房子，核心區的房子也租不起了。除非是遺產，沒有人會擁有自己的房子了。你想想看，這個世界怎麼會公平呢？一出生，看你父母是誰，就已經決定了你的一輩子……」

氣球

突然有歌聲從公園的方向傳來，穿過密密實實的白楊樹林；我們就跟著歌聲的牽引而走。踏進公園，迎面而來竟是奧地利共產黨的巨大旗幟。到處是標語：

讓富人付出代價！

我有權要求生活無虞！

開放移民，不要開放資本！

再往前走就是嘉年華式的攤位區。「安那其無政府主義者」的攤位旁邊是賣啤酒和香腸的小車。一輛破腳踏車上掛著一件白恤衫，通常在觀光景點會看到上面印著切格瓦拉的頭像，這一件竟然印的是托洛斯基，觀光客可認不得。

一個紮馬尾的女人塞給我一個小冊，小冊封面是毛澤東的剪影，德文寫著「紀念毛澤東逝世四十週年，紀念文革五十週年」、「讓我們團結在毛澤東的思想領導下」；打開來，兩頁滿滿的德文為文革辯護。原來我們到了毛派份子的攤位了，守攤位的人坐在書報攤後面。

奧地利人為文革辯護？紀念毛？

飛力普小聲地說，「大概全歐洲的毛派都在這裡了吧……」

原來這是奧地利共產黨機關報《人民之聲》主辦的年度盛會，是一個左派嘉年華。

小孩兒嬉鬧著溜滑梯；老頭兒在長凳上打盹；女人圍著古巴的攤位跳拉丁舞，抖動著身上一圈一圈的肉；大肚的男人在喝一杯一公升的冒泡泡啤酒。但是更多的人，躺在草地上閉眼曬太陽。

女歌手抱著吉他唱歌，歌聲沙啞慵懶。一個披頭散髮、褲子破洞的中年嬉皮忘我地赤腳跳舞。秋色樹葉金屬鱗片似地在風中翻轉。一只斷了線的氣球突然竄高飛起……

美君，你一輩子念念不忘美麗的新安江。我後來知道，真正讓你念念不忘的，其實是自己失去了的青春情懷，青春情懷怎麼可能說清楚呢？那就說一條江吧。

這些緊緊擁抱「左」的人們，不見得知道自己真正懷想的是什麼。斷了線的氣球，不知飄向何方，只知道，它永遠回不來了。

草地上

我們躺在草地上，看著白楊樹梢的葉子翻飛。女歌手抱著吉他幽幽唱著。

「你喜歡她的歌嗎？」

「還好。」

「還好是什麼意思？」

飛力普想了想，說，「『還好』的意思就是——甜甜的，不討厭，但是，聽過就忘記了，它不會進入你的心裡。就像超市裡賣的紅酒，沒有人會真的討厭，也喝得下去，但只是還好而已。」

「那你認為好的音樂，必須怎樣？」

「有點刺，有點怪，有點令你驚奇，可能令你不安，總而言之不是咖啡加糖滑下喉嚨。」

「我知道你的意思，詩人波的萊爾（Baudelaire）的說法是，美，一定得有『怪』的成分，不是作怪，而是創造一種不同尋常的陌生感。」

「媽，你聽過塗鴉藝術家 Banksy 嗎？」他問。

「聽過。」

「我喜歡他的風格。他是這麼說的：Art should comfort the disturbed and disturb the comfortable.」

「嗯，精彩——藝術必須給不安的人帶來安適，給安適的人帶來不安……」

台上的樂團結束了，下一個樂團準備上場，跳舞的嬉皮躺在草地上睡著了。我問飛：「你會想做藝術家嗎？」

他搖頭，「一點也不想。」

「為何？」

「創作者會創作，都是因為心靈深處有一種黑暗，不平衡，痛苦，不能不吐出來，吐出來就是作品。沒有痛苦就沒有創作。我幹嘛要做藝術家？我寧可我的人生平衡、快樂。」

不要給

「不要，」飛說，「真的不要。」

我的手就停頓在口袋裡，拿著一張鈔票的手。

那個小男孩大概十歲大，站立在距離我們的露天餐桌五米之處。

歐洲的夏天，根本就是一場極盡揮霍的部落慶典，為了狂歡，火炬不滅。天藍得沒個盡頭，太陽就像張燈結彩，拒不收攤，亮到晚上十點；當每個人的皮膚都吸飽了幸福能量，暮色，才一層一層薄紗似地逐漸收攏。

就是在這暮色漸下的時候，我看見他，大大的眼睛長在黝黑的臉龐上，顯然是個吉普賽孩子。這巴黎左岸的古老石板街上，露天食肆的燈火初上，孩子只是一個黑色的輪廓，站立街心，向每一個路過的幸福的人伸出手來，掌心向上。但是幾乎沒有人掏出錢來，天色越來越暗，我忍不住了。

「媽，同情心不能沒有思辨的距離，」飛說，「沒有知識的同情心反而會害了他。這些孩子背後一般都是犯罪組織，大人把這些孩子關起來，訓練他們乞討，討到的錢回去上繳。德國警方做過追蹤調查，你越是給錢，這些孩子的處境就越淒慘，越可憐。」

我看著兒子，二十六歲的年輕男子，真的是劍眉朗目，英氣逼人，可是母親永遠能在那稜角分明的臉龐上同時看見重疊的臉——嬰兒肥的粉色臉頰、幼兒的稚態笑容；時光是怎麼走的，這懷裡抱著的嬰兒此刻在正色地教訓著你？

牛仔褲

我想到我們在巴塞隆納的事。在鬧區經過一家有名的服飾店，正想走進去，他一臉無可奈何的表情，說，「你真的要在這種店買衣服嗎？」

「這種店」，是以「有設計感又便宜」作為宣傳的國際連鎖大品牌，在香港和台北開店時，消費者是在外面瘋狂排隊等候、門一開就像暴民一樣衝進去的。哪裡不對了？

「首先，」，他說，「你要知道他們的所謂設計，很多是偷來的，抄襲個人設計師的圖樣，做一點點改變，就拿來充當自己的品牌，個人設計師很難跟他們打官司，因為很難證明他們抄襲。」

我說，「我們先進去，然後你慢慢跟我說。」

店裡人頭鑽動，生意紅火。經過一圈滿掛牛仔褲的架子，他說，「你看，七．九九歐元一條牛仔褲。媽，你要想到『廉價』的幕後是什麼：生產一條洗白牛仔褲要用掉八千公升的水，三公斤的化學物，四百 mJ 的能量。還有，廉價到這個程度，你可以想像廠商給東莞工人的工資有多低嗎？」

我連 mJ 是什麼都不知道。好，他跟我解釋，mJ 是一個熱值單位，就是 mega joule。我拿出手機當場查找，得知中文叫做「兆焦耳」。什麼叫兆焦耳？他耐心地說，一個焦耳是用一個牛頓力把一公斤物體移動一公尺所需要的能量。

就不太好意思再問，什麼叫「牛頓力」了。

停下腳步，回頭看他，說，「你不進這種店買衣服？」

「我不，」他說，「凡是便宜得不合理的東西我都不買，因為不合理的便宜代表在你看不見的地方有人被剝削，我不認為我應該支持。」

走出服飾店的樣子，可能像一隻剛剛被訓斥的老狗，眼睛低垂看著自己弄髒的爪子。

我們沒入流動的人潮裡，遠處教堂的鐘聲噹噹響起，驚起一群白鴿展翅。大概走了一段路之後，我停下來，說，「飛，告訴我，難道，你在買任何一個東西之前，都先去了解這個東西的生產鏈履歷，然後才決定買不買？」

「沒那麼道德啦，但是能做就儘量啊，」他輕快地說，「當然不可能每一件東西都去做功課，太累了，但是我覺得要讓這個世界更合理、更公平，是每個人的義務啊。你不覺得嗎？」

「飛，是你特別，還是你的朋友們也都這樣？」

他點頭，「我的朋友大多會這麼想的。譬如說，昨天史提芬還聊到，他最近買了幾張股票，是一個法國軍火企業的股票，因為投資報酬率很不錯。但是他覺得有點不安，說，這個企業有跟中東地區買賣軍火，買它的股票等於間接資助了戰爭，是不是不太道德……」

在美麗的噴泉旁坐下來，咖啡送到時，我伸手拿糖，兒子用揶揄的眼睛看著我，笑著說，「真的要糖嗎？」

我的手停格在半空中，然後帶著革命精神說，「要。」

多瑙河

多瑙河其實不是藍色的。

晴空萬里時，河面碎金閃爍，是奢華無度的流動黃金大展；白雲捲動時，河水忽靜忽動，光影穿梭，千萬細紋在雕刻一種深到靈魂裡去的透明。

我們母子並肩坐在蘆葦擺盪的河岸，安靜地看白楊樹斑駁的黃葉飄落水面，看行雲迅疾、流水無聲。此刻他二十六歲，我六十四歲——他做了我當年該做未做的事。

此生唯一能給的
只有陪伴，而且
就是當下，因為
人走，茶涼，緣滅
生命從不等候

2007

木頭書包

安東尼墜機在利比亞沙漠的時候，十歲的中國女孩應美君正在跟父母談判：哥哥功課不好不是我的錯。如果我自己掙學費，你們讓不讓我去上學？

抽著水煙的地主父親饒有興味地看著這強悍的小女孩，笑說，「好啊。」

美君就到佃農的花生田裡去挖花生，放在籃子裡到市場叫賣，花生其實賣不了幾毛錢，但是大人讓步了，而且母親還特別請街上的老木匠為美君做了一個木頭書包。

美君二十四歲那年離開了家鄉，從此關山難越，生死契闊。她不知道，為了建水壩，家鄉古城沒入水底，三十萬人被迫遷徙，美君的母親從此顛沛流離，塵埃中輾轉千里。

二〇〇七年，我追美君的親人追到了江西婺源，表哥突然把一個木頭盒子交到我手上，說，「這是你媽媽的書包……」

歷史的憂愁彷彿湖中水草，在天光水影的交錯中隱隱迴盪。

美君的母親，在女兒離開後，一輩子緊緊抱著這個木頭書包，發配邊疆，跋山涉水，墮入赤貧，但是到死都守著這個木頭書包。

我很慢很慢地打開，裡面竟然有兩行藍色鋼筆字：

此箱請客勿要開　應美君自由開啟

藍墨水清晰如昨日未乾的眼淚。

1928

縣長

有一年，街上縣長候選人的宣傳車聒噪經過，美君不屑地說，「吵死人！你曉不曉得，以前縣長是用考試的。」

我吃一驚，「你怎麼知道？」

她知道，因為老家的淳安中學就是一九二八年考試第一名的人來做了淳安縣長而創辦的。

美君三歲那年，北伐戰爭結束，要施行訓政，依據孫中山《建國大綱》，必須經過公平的考試來選拔人才。

我找出一九二八年浙江省縣長考試的試卷，十個科目，連考五天。試題包括中國革命史、地方經濟及民生社會問題、警政和民法刑法、農村建設政策、浙江本土地理歷史。國際政治更是無所不包，從蘇俄的經濟現況到歐洲的稅制、國債和貨幣趨勢等等。譬如：

1. 國家經濟事業，開始計劃時，須根據何種原則，試列舉講明之。
2. 我國主張沿海岸應設三個頭等港，試略述其位置及其與國內國外之關係。

縣長還得處理刑罰，所以其中還有即席判案題：

有甲乙兩人，因與己庚有仇，邀約丙丁戊三人，持械同往殺害。戊中途畏懼不行，及至己家，己適外出，甲乙將其妻女毆傷，丙丁阻止無效。旋至庚家，庚被殺傷未死。嗣經警察追捕，丙丁逃逸，甲乙抗拒警察，情急用槍，將乙擊斃，甲就獲。丙丁越日自首，戊亦被警察案究。應如何分別論斷？試擬判詞。

美君斜眼看著我，「你考得上嗎？」

浙江省縣長考試試場之一部

1931

哥哥捉蝶我採花

父親過世，在整理遺物時，發現一個本子，竟然是美君的回憶錄。一直鼓勵美君寫自己的人生，沒想到她真的寫了，只是藏在沒人看見的地方。

她這一代人，習慣自我貶抑，很多長輩都說，「我那麼平凡，沒人會對我的人生感興趣的……」

九一八日軍閃電佔領瀋陽，美君記得，六歲的自己在山上採花。

民國二十年九月二十日

今天去遠足。我與父親母親兩個哥哥一起往河邊出發，河邊有一條渡船，禾裡有很多大小魚兒游來游去，清澈見底。水底有很多水草隨著流水搖動……

我們走路走了五六華里，望去都是山，到了山頂一看，滿山紅紅綠綠的花，還有飛來飛去的蝴蝶。爸爸說紅紅綠綠的是杜鵑花，飛來飛去的是蝴蝶，我們站的地方叫做山。

我沒心去聽爸爸的話，哥哥捉蝶我採花……

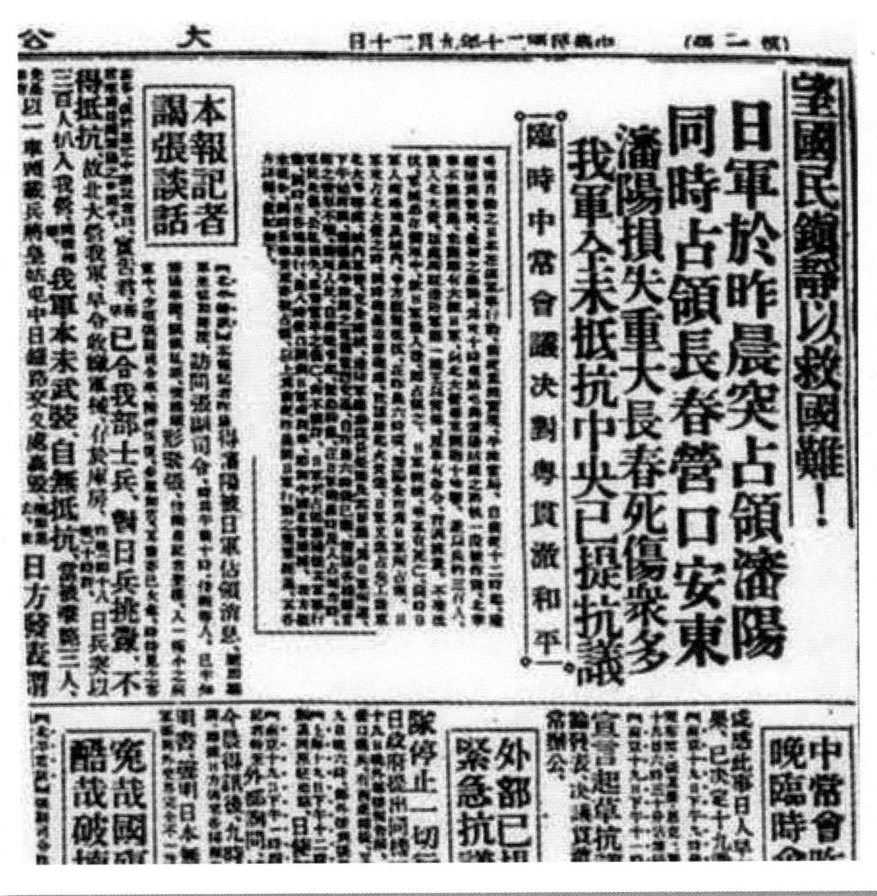
大公報
中華民國二十年九月二十日
第二版
望國民鎮靜以救國難！
日軍於昨晨突占領瀋陽
同時占領長春營口安東
瀋陽損失重大長春死傷衆多
我軍全未抵抗中央已提抗議
臨時中常會議決對粵貫澈和平
本報記者謁張談話
中常會昨晚臨時會
外部已提緊急抗議
寃哉國
酷哉破壞

1942

轎夫的媽

美君回憶錄：

民國卅一年中國與日本戰爭時期，日本飛機天天來轟炸中國城市。我們防空設備太差，沒有反擊力量，只有挨打，警報一響，拼命逃命。

有一天來轟炸淳安城，我和家人很快擠進防空洞，後來又來了一位五十多歲的女人，因為她是小腳走得很慢，防空洞裡人已滿，她人老腳小，無力擠進洞內，只有站在洞口的份。哪知道炸片無眼，正打在老婦人屁股上，忽聽見大叫一聲就暈過去了，嚇得洞裡的人沉默無聲，面如土色。很久等飛機去遠才出來看那位老婦人，見她滿身血肉模糊炸了半個屁股。

老婦醒來叫聲悽慘，聽了使人痛入肺腑。老婦人的兒子是做轎夫為生，又窮又苦，沒有錢住醫院，就是有，小城市也沒有好醫院。又是夏天，第二天就發臭，鄰居同情她，親人安慰她，可是沒有人能代痛苦。

在家臭氣沖天，人人都受不了，只好抬外面架一草房，給她住了七、八天，才死。

1942

一個包袱

美君回憶錄：

有一天我在大街上看見一年輕女子抱著一個包袱在大街上跑來跑去，口叫著我的兒子我的兒子啊，你為什麼不叫我媽媽啊……叫媽媽……叫媽媽……

白天黑夜聲聲淒涼，入耳驚心。我好奇去問別人她為什麼變成這樣，他們告訴我，是前天，日本人的飛機來轟炸時把她兒子炸死了。

她抱著兒子不肯埋掉，她丈夫沒有辦法，只好把兒子的衣服做一個包袱讓她抱著……

日記的空白處，美君手錄了一首詩，是王粲的「七哀詩」之一。我從來，從來不知道美君讀詩。

路有飢婦人，抱子棄草間。

顧聞號泣聲，揮涕獨不還。

未知身死處，何能兩相完？

一九四二年美君才十七歲。她絕對沒有想到短短幾年之後，她自己就變成那個「揮涕獨不還」的女人。

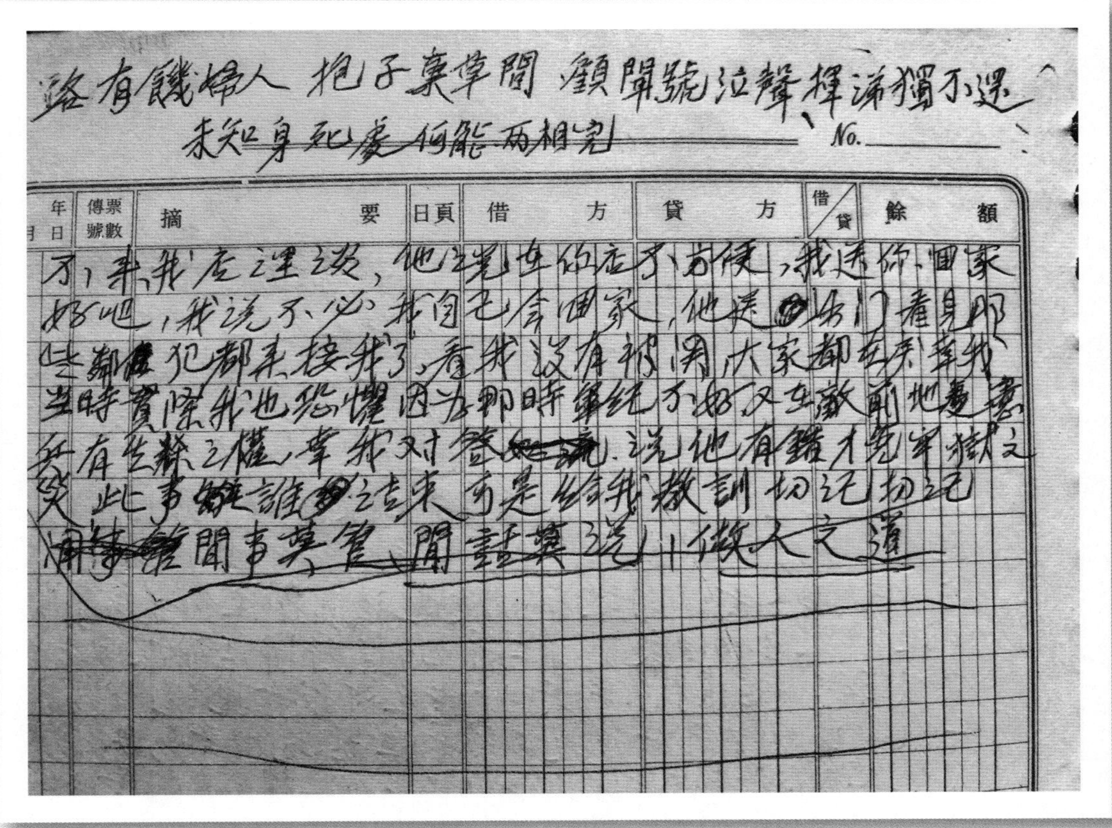

路有饑婦人 抱子棄草間 顧聞號泣聲 揮涕獨不還
未知身死處 何能兩相完

No.

年月日	傳票號數	摘要	日頁	借方	貸方	借/貸	餘額

不了來我店裡談，他說在的店不方便，我送你回家
好吧，我說不必我自己會回家，他送我出門看見那
些難犯都來接我了，看我沒有被關大家都在安慰我
當時實際我也很懼因為那時筆統不好又在敵前地處處
無有生殺之權，幸我對答如流，說他有錯才免牢獄之
災 此事誰之未可是給我教訓 切記切記
閒事莫管 閒話莫說 做人之道

1907

民國香

在手帕裡滴上幾滴給她擦汗。

在水盆裡滴上幾滴給她泡腳。

在枕頭上滴上幾滴讓她入睡。

在自己的手掌心裡滴上幾滴，輕輕抹在她灰白的髮絲上。

一樣的修長綠瓶子，只是現在用的人倒過來了。小時候，是青春苗條的她，在我們粗糙的鋁製澡盆裡、在衛生課要檢查的方塊手帕上、在體育課要穿的襪子裡滴上幾滴，然後讓我們背著書包走出門。

明星花露水在一九〇七年發明，一縷清香流入市井。從貴婦人的梳妝台到洗衣婆掛在陋巷竹竿上的大花被單，花露水是國民待遇。

戰爭造成國家分裂後，香氣渡海到台灣來開枝散葉，它既是美君的兒時記憶，也是我的兒時繚繞。

這個芬芳小瓶，不介意進入窮人四壁荒蕪的家。

淡淡的香氣，摸不著、看不見，但是溫柔地浮沉在窮人淒清的夢裡，讓白天被剝奪了尊嚴的人在夜晚敢去想像花瓣的金絲絨色彩。

1935

電火白燦燦

美君後來在台灣南部的漁村有了一個同年閨蜜，秀娟，新竹人。兩個人穿著七分長的粗布褲，光著腳，手裡拿著梭，坐在地上編織尼龍線漁網。

美君用浙江話拌剛學的台語，秀娟用客家話拌國語台語，兩人聊小時候得意的事。美君會說她十歲「光榮革命」爭取求學的事蹟，秀娟就絮絮叨叨談一九三五年阿公帶她坐火車從鄉下到台北去看台灣博覽會的奇幻之旅，說，「電火白燦燦，眼睛都打不開。」

事實上，福建省主席陳儀在一九三四年底就曾經率了大批官員去考察日本人統治下的台灣。他看見的是：

台灣總面積約為三萬六千平方公里。其中耕地約四分之一，林野佔四分之三。人口總數為四百九十餘萬。男較女略多。其中日本內地人來台者佔百分之五。台灣本地人佔百分之九十。番人佔百分之四。華僑佔百分之一弱……

台灣之幅員只為福建四分之一強，其發達之區為五州之西部，面積不及吾閩興泉漳三屬各縣之大，氣候相若，土壤相似，而其生產能力竟超吾閩六倍以上，只米糖二項，一年所產值價日金二萬五千萬圓，足抵吾閩全省三年生產而有餘，則其過去三四十年之努力有以致此也。

台灣博覽會
會期 昭和十年十月十日ヨリ十一月廿八日
會場 台北市及草山温泉
主催 台湾博覽會 後援 台湾總督府

給美君的信8

永遠的女生

臉上的皺紋都是她的，身上的關節都不是她的。
可是她眼睛裡的光芒、聲音裡的力量，
永遠是她自己的，獨一無二。

你記得安琪拉嗎？

八十五歲的安琪拉來信說她病了，我專程飛到德國去看她。人生歷練告訴我：超過八十歲的「閨蜜」生病了，必須排除萬難在第一時間探看。

從台北直飛法蘭克福十二個小時，從法蘭克福轉火車沿著萊茵河北走二小時，波昂站下車，再加十五分鐘計程車程，到了她家門口。遠遠就看見她的花園，她銀白發亮的頭髮在一排紫丁香花叢的後面。聽見我的車門聲，她直起身，看向安靜的街道，然後笑吟吟地向我走過來，懷中是剛採下的大朵繡球花如孩子的粉臉，一派陽光燦爛。

我說，「原來你好好的，那我可以走了。」我作勢要回轉，她抱著花大笑著走過來，我才發現，她一拐一拐地走，走得很慢，很慢。

我們就坐在那花園裡，在北國的藍銀色天空下，看著美滿得不真實的繡球花，有一搭沒一搭說了兩天兩夜的話。

風霜

人和人真的很神奇。有些人，才見一面就不想再見；有些人，不論你怎麼努力，都不可能成為朋友；有些人，即使在同一個屋簷下日日相見，也不見得在晚餐後還有話可說——晚餐嘛，還有食物的咀嚼和杯盤的叮噹聲響可以掩飾空白，晚餐後，那空白的安靜大聲到耳鼓發麻，你無可逃遁。

有些人，卻是從第一個照面，就知道，他是。

安琪拉大我二十歲。我們在紐約機場等候接駁車的空檔中聊了一下。那時的她才五十多歲，短短的捲髮，兩頰還有一點嬰兒肥的可愛感。二十年後第一次在螢幕上看見總理梅克爾，我失聲說，「這不就是安琪拉嗎？」

安琪拉堅持要為我泡茶、切蛋糕、洗葡萄。每一個動作，其實都很艱難。她拉開櫥櫃取出果醬，說，「此身一半不是我的了。膝關節、髖骨……」

「膝關節……那就不能騎單車了？」

她對我眨眨眼，笑了，「那也成過去了。」

安琪拉的兒子站在一旁，不知道我們在說什麼。

我記得上一次站在這廚房裡，是安琪拉先生過世後五年，安琪拉六十五歲的時候。我說，「安琪拉，找個人去愛吧？」

她說，「男人多半笨。老年喪偶的尤其無聊，只會坐在家裡看電視，而且是看球賽，喝啤酒。」

安琪拉是一個愛看戲劇、愛讀小說、愛打抱不平、愛大自然、愛運動、愛社會正義、愛流浪狗、到老都天真熱情的女人，要怎樣去找到興趣廣泛、生趣盎然、不癱在沙發裡看球賽喝啤酒的進步老男生呢？

那次廚房會議的決議就是：到《時代週報》去刊登一個廣告。德國《時代週報》是一個知識菁英的報紙，以思想品味自詡。有整頁的交友廣告，廣告裡的女人多半宣稱熱愛莎士比亞，男人多半強調會背誦歌德。

安琪拉真的依照我們的廚房決議去登了一則廣告：

六十五歲女生，興趣：看戲、讀書、運動、大自然。

政治傾向：厭惡右，但絕非左。

外貌：腿力很好。

徵求興趣相近的男生從德國波昂騎單車到波蘭華沙。共九百七十六公里。

很多人來應徵，安琪拉最後挑了一個大概是「腿力最好」的男人，阿芒。兩個人清風明月、兩鬢風霜，騎單車共度了一個月。

花園外就是麥田，麥子熟了，整片田像一個方塊形的大盤，托著沉甸甸、滿盈盈的柔軟黃金，陽光刷亮了麥穗如花的芒刺。

我們在天竺葵旁邊坐下來。兒子已經識相地走開，讓我們女生單獨說話。

「阿芒呢？」我問。

安琪拉把拐杖小心地靠在門邊，拿了一條毛毯蓋在自己膝頭，說，「兩個月前走了。」

「走了？」

「突然的，三更半夜。他固定每週三來我這裡，那個週三他沒出現，半個月後我才知道。」

我想像事情的可能發生順序。阿芒是有家室的，他和安琪拉之間長達二十年的情份，是一個人世間的秘密。他的突然離世，沒有人會去通知安琪拉。所以，安琪拉經過的是什麼？等待，失望，不安，焦灼，直到發現阿芒爽約的原因時，非但無法執子之手溫柔告別，連告別式遠處的駐停凝眸都不可能……

全家福

我要安琪拉跟我細談她在波蘭度過的童年。

「你知道我是在波蘭洛茲長大的？」

「洛茲？」我從躺椅一下子坐了起來，「洛茲就是你的故鄉？」

十八世紀末強大的普魯士收編了部分波蘭國土，包含洛茲，緊接著鼓勵大批德國人到那裡定居。安琪拉家族幾代人就在洛茲生根。一九三九年希特勒的軍隊入侵波蘭，洛茲變成一個關係特別緊張的地方——佔領者德國人聲色凌厲，波蘭人忐忑不可終日，猶太人沉默地等著大難臨頭，而像安琪拉這樣在波蘭已經好多代的德國人——「外省人」，尷尬地夾在中間。

「有一天大概清晨四五點鐘，突然很吵，」安琪拉說，「我爸硬把我從床上拖起來，讓我趴到窗口，不開燈。」

隔壁鄰居是猶太人。十歲的安琪拉目睹的是，荷槍的德國士兵闖入猶太人的屋子，驅趕還在熟睡中的一家老小，喝令他們立刻出去。安琪拉一家人眼睜睜看著隔壁鄰居家住在三樓的老奶奶，可能因為下樓的動作太慢，士兵把老奶奶直接從三樓窗口拋出來。

安琪拉在爸爸的懷裡，趴在窗口，全身發抖，爸爸在黑暗中說，「孩子，你聽好：我要你親眼看見我們德國人做的事，你一生一世不能忘記。」

被抄家出門、失魂落魄站在馬路上的猶太人到哪裡去了呢？

安琪拉說，洛茲有一個用高牆圍起來的區，看不見裡面，但是每次她經過，心裡都充滿恐懼。她模糊地知道，凡是進了這裡的人，都不會活著出來。全城的猶太人，都進去了。

安琪拉的家是個照相館，爸爸是攝影師。德軍進駐洛茲之後，照相館的生意突然爆紅。村子裡的人每天在門口排著長龍，等候拍全家福。

「因為，」安琪拉說，「本地人覺得時局不好，很不安；猶太人當然更覺得是世界末日，恐怕馬上要生離死別，而村子裡的德語人則擔憂自己的兒子恐怕很快會被德軍徵召當兵，所以大家都趕著來拍全家福……」

有一天，外面排隊的長龍裡似乎起了爭執，突然人聲嘈雜，安琪拉的父親停止拍照，出門去看。原來是隊伍裡的幾個本地德語人認為波蘭人現在沒有資格排到前面，要他們排到隊伍後面去。安琪拉看見照相師爸爸對著這些講德語的同胞非常憤怒、非常大聲地揮手說：

如果要在我這裡拍照，就請排隊。如果不願意排隊，可以，就請你們到別家去，我這裡恕不奉陪。

大家就安靜了下來。

好樣的

傍晚，安琪拉拄著拐杖和我走到村子盡頭一片草原上採集野生的洋甘菊，她是個大自然的信徒。早餐，配的就是採回來的洋甘菊。喝茶的時候，我八十五歲的閨蜜說：「應台，戰後很多德國人說他們當時不知道有集中營這回事。我想說的是，如果十歲的我就知道洛茲有個殺人的地方，你大人敢說不知道？也不要跟我說，國家機器太大、個人太小，個人無能為力。我父親就用他最個人、最微小的方式告訴十歲的我說，個人，可以不同。個人，就是有責任的！」

我看著她。八十五歲的安琪拉，臉上的皺紋都是她的，身上的關節都不是她的。可是她眼睛裡的光芒、聲音裡的力量，永遠是她自己的，獨一無二。

在安琪拉的身上，我也看見你，美君。日前在整理舊物時，翻到你回憶錄的這一頁，說的應該是一九四三年，你十八歲：

兵荒馬亂，大家都怕兵。一個憲兵隊駐在淳安城裡。有一天，我家隔壁不知道鬧什麼事，幾乎要打架，很多鄰居看熱鬧。這時憲兵來了，不管三七二十一，把當事人和一二十個一旁看的人全都抓走了，關起來，一關就是三天，而且不許家屬探訪。小老百姓不懂法律，害怕家人是不是會被憲兵槍斃，嚇得半死，來找我，我才十八歲。他們說，大小姐，這街坊只有你會講國語，求求你去憲兵隊溝通吧。

我也很怕，但是怎麼辦呢？

最後還是下了決心，我一個人走到了憲兵隊，抱了一大包熱燒餅。

見我的是位中尉排長。我說，我是來看我的鄰居們的。他說，上面不准見。我說，他們犯了什麼罪，這麼嚴重。我受鄰居之託，要求不大，只想看到他們是死是活。

他考慮了很久，最後說，好，可是你帶來的東西不能帶進去。我說，好，不給他們吃，只是給他們看，表示我的人情到。

排長勉強點頭。

我走到犯人間，他們一看見我就同聲哭叫：大小姐救救我們，我們已經三天沒吃飯了，快餓死了。

我毫不考慮，當下就把燒餅用力丟進鐵窗裡，鄉親搶著吃光了。

守門的憲兵報告排長說我不守信用。我很生氣，對排長說，「這世界上哪裡有餓罪？就是犯了死罪，也要給犯人吃飽才槍斃。我是可以告你們違法的。」

排長看看我，不回話。

第二天上午，所有的犯人都放回家了。

十八歲的女生美君，好樣的。

給美君的信9

我愛給你看

女朋友們都白頭了，在槐花的香氣下喝咖啡，
誰說了一個有點不正經的笑話，
她們像熱愛愚蠢的高中女生一樣咯咯狂笑。

去年在倫敦看了歐姬芙（Georgia O'Keeffe）的特展。她畫的花朵，花瓣柔潤肥美，皺摺幽微細膩，不畫出露水也覺得那花濕漉漉的。看畫的人多半會臉紅心跳又故作無事地聯想女人最深藏最私密的身體凹處，只是畫家自己堅決否認她的畫裡藏著女性器官的細描。倫敦大展的策展人也不斷說，看她的畫就想到性，是太窄化她、委屈她了。為什麼男性畫家的作品可以從人生哲理到社會現實多層次地挖掘、解讀，女性畫家的作品就只看見一個層面？

跟兩個成年的兒子一起站在明亮的大廳裡抬頭看展畫，低頭翻畫冊；猩紅的罌粟花看起來飢渴如血，美人蕉像燃燒的衝動，蜀葵和飛燕草用濃得化不開的藍紫，彷彿放縱前忍不住的腫脹，連雪白的海芋花都顯得肌感彈透。

我問，「你們說呢？」安德烈對我俏皮眨眨眼，飛力普矜持地說，「我不是植物迷。」

我倒是很願意掛一張歐姬芙的絲瓜花在廚房，一張新墨西哥的大土地在書房。臥房裡掛她的海芋吧，沒有紅罌粟那麼邪豔，一點淡淡的柔媚，當風吹起白色的薄紗窗簾，淺淺的晨光照進來，有點薄荷的氣息。

但是我突然想到你和父親的臥房，床頭牆壁上掛的是一列組畫，四楨刺繡的梅蘭竹菊。嘿，你們這代人，怎麼搞的，臥房裡還掛四君子？你們在臥房裡也規規矩矩不放肆嗎？

判決

男人，不管哪一代，都是懂放肆的。我記得有一次你打麻將回來之後怒氣沖沖將臥房門「哐」關上，把父親鎖在門外。我問父親「喂她怎麼啦」，八十多歲的人像做錯事的小孩，扭扭捏捏不肯說。在我逼供之下，他嘟著嘴委屈地回答，「只是捏了一下章魚太太的腳，開玩笑嘛，她就生氣了……只是捏一下腳，又沒做什麼，生這麼大氣。」

我大笑。章魚太太？天哪，爸你太沒品味了吧，她是真的長得像章魚頭……

原來八十歲的強悍的美君，也會嫉妒。

可是我才是那沒腦沒心的人。八十歲的女人就失去嫉妒能力了嗎？八十歲的女人就沒有白日的愛恨情仇、午夜的輾轉難眠了嗎？歐洲人權法院在二〇一七年七月做了一個判決來回答這個問題。

葡萄牙有個官司。一個生了兩個孩子的五十歲女人控告一家診所，理由是，因為手術的失誤，使得她無法有正常的性生活，造成了她的損失，要求賠償。

葡萄牙最高法院判決認定診所確實有醫療過失，必須賠償，可是呢，法官話鋒一轉，說，對五十歲以上的女性來說，性生活本來就不那麼重要了，不算真的損失，因此把賠償金的數字減了三分之一。

兩個孩子的媽一怒之下告上了歐洲人權法院。歐洲法院的判決書認為，葡萄牙法官「無視『性』對於女性的自我實踐有肉體上和精神上的雙重重要性」，非但犯了女性歧視，還犯了「老年歧視」。歐洲法院進一步提出葡萄牙曾經有過的判例，當男性提出類似訴訟的時候，不管年齡為何，都是勝訴的，顯然葡萄牙法官認為性對「老男人」有意義但是對「老女人」沒有意義。

親愛的美君，歐院判決的意思用白話文來說就是：誰說SEX對五十歲以上的女人不重要？站出來！

老姐妹

你記得我的法國朋友馬丁教授嗎？他的媽媽瑪麗亞，八十二歲還一個人駕著帆船在巴黎的湖上遊蕩。瑪麗亞的第二任丈夫，九十二歲了，從六十多歲退休之後就不再動，每天坐在電視機前面，像一個一百公斤重的米袋沉入軟沙發，電視開了就不再站起來，一直到晚上。瑪麗亞就一個人學德語，一個人上菜場，一個人去聽歌劇，一個人去看畫展，一個人去作家的演講簽名會。

她也常常約了同年齡的女朋友們到露天咖啡座聊天——她的女朋友們多半也有個丈夫像一袋米沉在軟沙發裡過日子。女人們坐在人行道上的露天咖啡座，成排的槐樹飄起白色小碎花，隨風落進咖啡杯裡，她們笑著用小湯匙輕輕把花屑撈起來。挺著大肚子像銀行總裁的鴿子們在座椅間走來走去啄地上的麵包屑，各色各樣的年輕人摟著笑著跳著走過人行道。

女朋友們都白頭了，在槐花的香氣下喝咖啡，誰說了一個有點不正經的笑話，她們像熱愛愚蠢的高中女生一樣咯咯狂笑。

在歐洲總是看見白髮的、年輕極了的老女人無所不在，而且都在開敞的公共場所：咖啡座、酒館、公園、餐廳、露天的音樂會、露天的藝術市集、花園噴水池旁的啤酒館……你看見她們在人來人往的群眾裡喝咖啡聊天，看見她們拿本書一個人坐在角落裡喝蘋果酒，看見她們牽著一條臘腸狗，在公園裡散步，看見她們排隊正要踏進歌劇院，看見她們牽著腳踏車到了河堤，把車子擱好，在草地上躺下來準備曬太陽……

六十歲、七十歲、八十歲、九十歲的女人，很健康、很愉快、很獨立地在陽光下的公共空間裡走著、笑著、熱鬧著、沉靜著，生活著。不是在外的喧嘩旅行，是尋常的家居生活。

一回到台灣，反差太大了。在咖啡館、酒館、露天音樂會、藝術市集、電影院、啤酒館裡，都是滿臉充滿膠原蛋白的年輕人。請問，台灣的頭髮白了但是年輕極了的老姐妹們，每天去了哪裡？在客廳陪米袋看電視？在廚房為孫子做早餐？在佛堂裡為祖先焚香念經？在黑黑的美術館角落裡當志工？在關起門來的讀書會裡？在麻將桌上？

也都很好。但是，在大庭廣眾下，帶著自己臉上的皺紋和借來的膝關節，放鬆地、自信地、舒坦地散步，享受清風陽光和一堆女朋友，也是一個選項，不是嗎？

在台灣的咖啡館裡，一個人坐下，四周滿座都是喧囂開心的年輕人，我覺得自己走錯了地方；在歐洲的咖啡館裡，卻發現很多白髮紅顏的老姐妹們自在閒散地坐在那裡，或獨處，或群聚，和四周的年輕人自然和諧地成為一個風景，那感覺真好。

私奔

但是回到馬丁的媽媽瑪麗亞吧。她的米袋丈夫有一天摔了一跤——即使只是從臥房走到電視機，你還是會摔跤的。瑪麗亞把帆船鎖了，每天到醫院看丈夫。丈夫的一條腿密密地包紮著，像豬肉店裡的肉一樣高高掛起。兩個人已經三十年沒怎麼說話了，現在當然更沒話說。但是瑪麗亞認識了到隔壁探病的玫瑰。剛退休的圖書館員玫瑰，短髮，短腿，體態豐滿，走起路來像個皮球一樣蹦蹦彈跳——這是馬丁說的。她每隔幾天就來看正準備換膝蓋的七十多歲的老哥哥。

你又要睡著了嗎，美君？來，給你擦點綠油精，清涼一下，你就會精神過來。秋天到了，陽台有微風，我們坐到陽台上去吧。

我問馬丁，「後來呢？」

馬丁說，「我媽跟玫瑰走了。」

「什麼意思走了？」

馬丁說，「她跟玫瑰愛上了，就決定搬到一起同居去了。」

「你媽之前知道她愛女生嗎？」

「不知道。是新發現。」

「那……你那個九十二歲腿掛在半空中的繼父呢？」

「他很快就死了。」馬丁說。

瑪麗亞愛上了玫瑰，兩個人開始過公主和公主的日子，她們週末一起去湖上駕帆船，到森林裡露營；她們早上在公園喝愛爾蘭咖啡，下午看展覽，晚上去聽作家朗誦；每個禮拜天穿著登山鞋、打綁腿、攜單支登山杖，去健行，從森林這一頭進，森林那一頭出，出口處就是一家咖啡館，她們在那裡點黑森林蛋糕，配黑咖啡，有時候野鹿會從草木裡探出頭來。

我不知道瑪麗亞和玫瑰會不會做愛。但是我知道，她們和葡萄牙那個「不甘受辱」的女人一樣，用行動告訴這個歧視女人、歧視老人、雙重歧視老女人的世界：

別告訴我誰有資格愛，我愛給你看。我老，我美，我能愛。

如果二十年前我們能這樣談話，美君，我會建議你把四君子圖撤下，換上一張歐姬芙的美人蕉。而且，二十年前你才七十三歲，我一定買黑色的蕾絲內衣給你穿。現在，我只能跟你說，來，讓我給你的腳擦點乳液吧。

給美君的信10

藉愛勒索

每次隔牆的暴力聲音響起的時候，
你都坐在縫衣機前一直皺著眉頭嘆氣。

有一個童年的人，我忘不掉。你記得我們警察宿舍隔壁家的劉叔叔嗎？我們都喜歡他。濃眉大眼的他，穿著警察制服，英挺帥氣，一見到我們就說笑話，笑到孩子們個個在地上打滾，爬起來就團團抓著他不讓他回去上班。

隔牆

可是，隔著一堵牆，在一個只聽得見聲音的荒誕空間裡，這個可愛的人卻變成一個讓人發抖的魔鬼。

一個四十歲的男人掄起棍子沒頭沒腦地打一個十一、二歲的孩子，孩子抱著頭邊嚎哭邊躲；門鎖上了，他無處可逃。

若是發生在大街上，路人一定會衝上來救孩子，把施暴者揪送派出所。可是，這發生在家裡，在牆內，聽見嚎哭聲的鄰居，認為這是父母在盡自己的責任。

我和他總是一起從學校走路回家的，他先進他的家門，然後我進我的家門。我的白衣黑裙還沒脫掉，就隔牆聽見他的驚恐慘叫。我在牆的這一邊，往往揪著心，無法動彈。

後來漸漸長大了，男孩變成一個自尊心倔強的少年，挨打時只聽見劉叔叔的暴怒聲和東西撞擊的破碎。我知道他一定噙著眼淚，但是死命咬牙，不讓人聽見他的聲音。第二天就會看見他臉上的大塊瘀青。

他成績不好，常常溜到租書攤子上看漫畫——沒有電視的時代，一整排孩子蹲在街頭牆角看漫畫。劉叔叔剛好路過，暴衝過去，掐住脖子把他拎回家，像拎一隻雞。回到家，也像處理雞一樣，做父親的用警察的手銬把他的腳銬在廚房的桌腳上，命令他讀書，讀學校要考試的正經的書。

晚上，那是一堵恐怖的牆。白天，他身上的傷，讓我心碎。每次暴怒和撞擊聲起，我就恨不得你和父親會衝過去敲門，去拯救他。可是你們不動，你們說，「劉叔叔還是愛孩子的。」

可是，我覺得你言不由衷。每次隔牆的暴力聲音響起的時候，你都坐在縫衣機前一直皺著眉頭嘆氣。

後來，有一次在乒乓球間聽見劉叔叔說笑話。說玩笑話，他讓一個大個子中學生跟他面對面站立，然後要中學生用全身力氣打他的耳光。中學生起先不敢，被催促幾次之後，怯怯地揮出手，劉叔叔示範回擊，打了中學生一個響亮得嚇人的耳光，那耳光，像玻璃被石頭打破的尖銳，孩子們驚呆了。劉叔叔趁機教育說，日本人練兵都是這麼練的。相互打，打得越兇，越有勇氣。人格跟體格一樣，就是這麼練出來的。

父子

幾十年之後，沒想到竟然在台南街頭碰見他。少年已經長成白頭，還有點駝背。他扶著一個老人慢慢走著。老人步履細碎，小步小步地磨著地面走，是中風病人的狀態。

他認出我來，我們就在路上說話。他從郵局的工作退休了，兩個兒子都在國外，他和老婆兩個人過日子，最近把爸爸接到家裡來住。說話時，他一直緊緊牽著他父親的手，時不時從褲袋裡掏出手帕擦父親嘴角流下來的口涎。

風吹過來，一陣碎碎的鳳凰花瓣灑了我們一身。

唉，很多結局不是這樣的，美君。我跟你說瑞典大導演柏格曼的故事吧。

柏格曼有一天在劇院工作時接到他母親的電話說，父親在醫院診斷出惡性腫瘤，快死了，母親希望兒子到醫院去探視。柏格曼一口回絕說，「我沒時間，就是有時間也不會去。我跟他沒話好談，也根本不在乎他，何況，他臨終時見到我，恐怕也覺得不爽。」

母親在電話裡哭了起來。柏格曼說，「不要跟我感情勒索，哭沒用的。不去就是不去。」說完就掛了電話。

當天晚上，母親就在大雪紛飛中親自趕到了劇院，一進來就當眾給了大導演一個巴掌。柏格曼對母親道歉，然後母子倆說了一整夜的話。

四天之後，猝逝的竟然是他的母親。柏格曼到醫院去見了父親，但只是去傳達母親的死訊，說完就走。

這樣痛苦的、折磨的親子關係，不會沒有來由吧？

折斷

柏格曼就是個在懲罰中長大的小孩。他父親是個牧師，用最嚴厲的規範管教子女，而且依循宗教的儀式。孩子犯錯後，第一要求他懺悔，第二進行當眾懲罰，最後由父王賜予寬恕。譬如說，小男生柏格曼尿了床，大人就給他穿上一條紅色的小短裙，讓他穿一整天來做罪行示眾。如果孩子們打架，大家就被召集到父親書房裡，先進行審訊，然後一個一個發表悔過，最後拿出雞毛撣子行刑——每個人自己說自己應該被抽打幾下。

「刑度」確認了之後，女傭把一塊小褥子攤開在地，孩子必須自動扒下褲子，趴到褥子上，這時有人會按住你的頭頸，然後施刑。抽打是認真的，孩子被打得皮開肉綻，撕裂的皮和糊糊的血肉黏在一起。下一步，不管你怎麼痛怎麼哭，你得前去親吻父親的手，由他來宣告你被寬恕了，除罪了，你才得救。帶著糜爛流血的傷口回到臥房，不准吃晚餐，那是懲罰的一部分，但是，伯格曼說，全部加起來都比不上這一整天的當眾羞辱來得痛苦。

柏格曼幼時最恐懼的懲罰，是被關進一個黑暗的櫥子裡去；那個櫥子裡，大人恐嚇他說，養著一個專門吃小孩腳趾頭的怪物。犯了錯的小柏格曼被關進去，死命抓著裡頭的吊桿，勾起腳，整夜不敢放手，就怕腳趾頭被怪物吃掉。

孩子面對暴力和恐懼，本能地尋找活下去的辦法。柏格曼的哥哥個性強，試圖反抗，做父親的就用更強大的意志力「折斷」他。柏格曼的妹妹則變成一個徹底乖順、服從的人，而柏格曼自己，他說，他很小就決定做個「大說謊家」，以矇騙和偽裝來保護自己。

他到父親臨終都拒絕和解。這麼比較起來，劉叔叔是幸運的。但是和我一起上下學的那個少年呢？他是不是早就被「折斷」了？

防空洞

再跟你說卡夫卡的故事。你記得嗎？我的少女時代，讀的是卡夫卡的《蛻變》。小說裡，人，一覺醒來發現自己變成一條蟲，讀來驚悚無比。很多年之後，把卡夫卡《給父親的一封信》和小說《蛻變》併著重讀，才知道，啊，原來《蛻變》裡完全失能的一條蟲就是卡夫卡面對父親「暴力統治」的精神狀態。

小男孩卡夫卡有一晚一直鬧著要喝水，不見得是真的口渴，而是希望引大人關注。喝斥幾次不停之後，父親衝進房裡，把孩子猛力從床上抓起來，丟到陽台，把門反鎖；穿著睡衣的小男孩就整夜被丟棄在外面。

從此以後卡夫卡就徹底「乖」了。長大後的卡夫卡變成一個不開口的人。小時候，回到家，只要提到在外面任何一件讓他有點開心的事，父親就會用極盡嘲諷的音調說，「哼，這也值得說嗎？」他不敢流露喜悅，因為會被戲弄；他不敢提及委屈，因為會被斥責。他只要一開口，就會被父親當眾羞辱，他先失去開口的勇氣，最後失去說話的能力。《蛻變》裡的他，是逐步失去人的能力的。

卡夫卡一輩子活在「我一文不值」的自我蔑視中。他給父親的信裡說：

我的世界分成三塊：一塊是我身為奴隸，活在一堆永遠無法達成的命令之下。一塊是不斷對我下命令而且永遠在批評我的父親。第三塊就是全世界那自由快樂的人……我永遠生活在恥辱之中。遵從你的命令是恥辱，因為你的命令是針對我一個人設置的。反抗你的命令更是恥辱，因為我怎麼可以反抗你？如果我遵從命令而做不到，那就是因為我不及你的體力、你的胃口、你的技術，而這就是恥辱中的恥辱了。

卡夫卡想像自己攤開一張世界大地圖，父親的身體就橫跨在地圖上，只有父親身體覆蓋不到的地方，才是他可以呼吸的地方，但是父親佔據了整張地圖。

寫作其實是逃亡。卡夫卡的父親痛恨兒子的寫作，因為那是一個他自己陌生的領域，在掌控之外，但卡夫卡心裡卻暗喜，因為正是父親的痛恨證實了他自己獨立的存在——寫作是他的防空洞。

美君，讀卡夫卡給父親的信，我不斷想起劉叔叔和他的兒子。

藉愛

張愛玲被自己的父親暴打時，已經是一個快要二十歲的大人了。用今天的眼光看，根本就是一種刑事傷害罪，但那既不是張愛玲的第一次，也不是稀有的家庭現象。你看她怎麼描述：

我父親蹬著拖鞋，啪達啪達衝下樓來，揪住我，拳足交加，吼道：「你還打人！你打人我就打你！今天非打死你不可！」我覺得我的頭偏到這一邊，又偏到那一邊，無數次，耳朵也震聾了。我坐在地上，躺在地下了，他還揪住我的頭髮一陣踢。終於被人拉開。我心裡一直很清楚，記起我母親的話：「萬一他打你，不要還手，不然，說出去總是你的錯。」所以也沒有想抵抗……我回到家裡來，我父親又炸了，把一只大花瓶向我頭上擲來，稍微歪了一歪，飛了一房的碎瓷……我父親揚言說要用手槍打死我。我暫時被監禁在空房裡……

所謂暫時的監禁，其實長達半年，而且還包括張愛玲在監禁期間患了瘧疾，需要治療，做父親的不請醫生，只是私自打針，仍然關著她。

不知道為什麼跟你說這些，大概是因為，那堵牆，那堵代表暴力和恐懼的牆，也成為了我的傷害，一根刺扎在記憶裡。在大學路上看見暮年劉叔叔父子手牽手的景象，你說是和解？還是斯德哥爾摩症的折斷與屈服？

我覺得，美君你會對我說：藉愛勒索，是勒索，不是愛。

你在生活裡兵蹄磕磕，
他在生命裡無言轉身。
時是荒涼，你親愛的人
可不可以牽手
到悔

1935

牛車

黃昏時走過東港溪畔，牛群在沼澤裡遊走。只有一隻小牛，牧童抓著繩子，把它引到主人面前，主人溫柔地以雙臂抱住小牛的頭，用水幫它洗眼睛。小牛眼睛長著濃濃的睫毛。

美君在田裡挖著花生、秀娟跟著爺爺去台北看帝國日本的建設成就時，台灣一個叫呂赫若的作家，剛好發表了一篇新作品，叫「牛車」。

一心追趕現代化的殖民者，不允許牛車走在汽車走的馬路上，於是大批一輩子以駕駛牛車為業的台灣農民走投無路，家裡已經沒有米可以下鍋。為了養孩子，年輕的母親只好在暗夜裡拿自己的肉體去換給孩子買米的錢。

偏僻農村，她的「客戶」勢必都是同村相識的街坊鄰居。

一個女人，必須內心多麼高大才能把肉體放得多麼低下？

夜夜遲歸，當阿梅腳踏入家門時，孩子們叫著抱住她，然後彆扭地直盯著母親的臉。孩子們感覺到母親最近都從鎮上夜歸。對小孩來說，心裡相當寂寞與不平。

「肚子餓了嗎？想睡了吧？」

一看到孩子們的臉，眼眶不由得熱了起來。熄滅燈火，母子一起睡在黑漆漆的床上後，阿梅的眼睛還是睜得很大。在胡同裡的情景歷歷湧上心頭。

雖說是三十歲的女人，由於是第一次，臉皮不夠厚，不自然得有點慌張。

被不認識的男人野蠻地用力抱住背時，她真的很想哭。不過，當手中握著錢時，「得救了！」，心情也就輕鬆起來……

水牛放飼は
止めませう
水牛放飼ニ因ル
障碍事故件数
（昭和九年度実績）
一七二件
台湾總督府交通局鉄道部
機関車乘務員互助会

1944

快樂的孩子

美君說，炸彈掉下來還不止炸死人，有一次轟炸淳安時，日本飛機丟下來的是細菌。瘟疫的細菌掉進井水，大家都病了。

一九三八年，著名的匈牙利戰地攝影家 Robert Capa 到了日本佔領的武漢。八月，日本飛機轟炸武漢，丟下一千一百八十枚炸彈，死傷四千多人。房子毀了，家人死了，可是一場白雪下來，孩子們高興地忘了一切，在雪裡打雪球仗。

這些玩雪球的孩子，後來活下來了嗎？到今天都很少人知道的是，一九四四年十二月十八日，為了對付佔據武漢的日軍，為了「測試」剛生產不久的燃燒彈，美國出動了八十九架 B-29 轟炸機，飛到武漢上空，丟下五百噸的燃燒彈。武漢百萬民居大火焚城，燒了三天三夜。燃燒彈的特點是，火力把四周圍的空氣瞬間吸光，方圓之內的人，窒息而死，髮膚盡焦。蔣介石的日記說，心痛，死了將近四萬個居民。

胡蘭成剛好在城內，他走過醫院的一間側屋，看見的是：

> 有兩個人睡在泥地上，一個是中年男子，頭蒙著棉被，一個是十二三歲的男孩，棉被褪到胸膛，看樣子不是漁夫即是鄉下人，兩人都沉沉的好睡，我心想那男孩不要著涼。及散步回來又經過，我就俯身下去給那男孩把棉被蓋好，只是我心裡微覺異樣。到得廊下我與醫院的人說起，纔知兩人都是被炸彈震死的。

燃燒彈在武漢「測試成功」之後，隔年的二月，英軍拿來用在德國古城德瑞斯登上，兩萬五千人死亡，舉世震驚，至今史學家議論說，策畫這個轟炸行為的人是不是該視為「戰犯」？但是武漢的燃燒彈轟炸，死者無言，生者默然，一轉眼，七十年了。

這些孩子，還活著嗎？

1933

認真的孩子

一九三三年希特勒上台，教育系統的意識形態轉型是第一要務。不直接表達忠誠的老師一批一批有計畫地淘汰。在校園裡積極培養「希特勒青年」的同時，全面改寫教科書。歷史書當然是第一個改寫目標，但是生物啊、數學啊，能改嗎？

能。

生物現在教的是人種的優劣。孩子們被帶著用尺去量人頭的圓周，觀察眼睛的顏色、頭髮的質地，認識一般人種和亞利安人種的差別。

數學也改寫了。譬如小學算術典型的考題變成這樣：

如果必須在機構裡養活一個精神病人，國家必須付出多少錢？

一架飛機時速兩百四十公里，要去轟炸一個兩百一十公里外的敵人城市，如果丟擲炸彈所需時間是七．五分鐘，請計算此飛機回到基地的時間。

由黨培訓的學生，在教室裡記錄老師的言論，如果聽見老師說了不正確的言語，馬上報告。這樣的老師就會被辭退，而且可能一輩子再也找不到工作。到一九三八年，三分之二的小學老師都已經經過「改造」。

有些人，心裡卻藏著明白。一個小學地理老師說，「我教學的時候儘量教真實的知識，希望他們長大以後還能夠面對正常世界。學校裡只剩下四五個不是納粹的老師了，但我們不願意離開，因為，如果我們也離開，德國就沒有誠實的教學啦，所有誠實的人都已經在監獄裡了。」

1941

雲咸街

我帶美君到香港雲咸街時，剛好一群嘰嘰喳喳的女學生經過，她驚詫又開心地說：

啊，香港的學生還穿陰丹士林旗袍啊……

張愛玲是美君的同代人，在港大讀書時，也曾經婷婷嫋嫋地走下雲咸街；旗袍的裙襬矜持又挑逗。戰爭的記憶，從來就並不只有「正確的」血肉模糊——

在香港，我們得到開戰的消息的時候，宿舍裡的一個女同學發起急來，道：「怎麼辦呢？沒有適當的衣服穿！」她是有錢的華僑，對於社交上的不同的場合需要不同的行頭，從水上跳舞會到隆重的晚餐，都有充分的準備，但是她沒想到打仗。

蘇雷珈是馬來半島一個偏僻小鎮的西施……她是天真得可恥。她選了醫科，醫科要解剖人體，被解剖的屍體穿衣服不穿？

一個炸彈掉在我們宿舍的隔壁，舍監不得不督促大家避下山去。在急難中蘇雷珈並沒忘記把她最顯煥的衣服整理起來……她還是在炮火下將那只累贅的大皮箱設法搬運下山。蘇雷珈加入防禦工作，在紅十字會分所充當臨時看護，穿著赤銅地綠壽字的織錦緞棉袍蹲在地上劈柴生火……

建築公司

1950

民國女子

她會罵人。

她真的很氣一個人的時候，會嘩啦嘩啦流利地說，這人，哼，「長不像個冬瓜，短不像個葫蘆」。對文字語言敏感的我馬上豎起耳朵天線：等等，什麼樣的人長得像個冬瓜，短得像個葫蘆？是說品格嗎？是說長相嗎？是說氣質嗎？

這罵人的邏輯就是，要嘛長，要嘛短，不可以不長不短四不像。小時候我對這個生猛「格言」的理解就是：高矮長短像冬瓜或像葫蘆都好看，就是不可以難看。

上初中了，她開始要求我做一件事。日本宿舍不都是榻榻米嗎？榻榻米的紅色布邊不都是直線嗎？她遞過來一本重重的書，讓我頂在頭上，然後挺直身軀，眼睛看前，一步一步踏著榻榻米的直線走路。所以不必教如何優雅，頭上的書不砸下來，背脊挺直，就自然會優雅。

後來發現張愛玲的母親讓她做過類似的事：

> 我母親教我淑女行走時的姿勢，但我走路總是衝衝跌跌，在房裡也會三天兩天撞著桌椅角，腿上不是磕破皮膚便是淤青，我就紅藥水搽了一大搭，姑姑每次見了一驚，以為傷重流血到如此。

很多年後，看見各種老畫報上滬杭「民國女子」的眼神、姿態，就彷彿明白了。即便是剛剛還赤腳和漁村婦女坐在地上編織魚網，她出門就要穿上剪裁有緻的旗袍，衣襟裡塞一條細細的、有花露水淡香的手絹；或者，即便我的學費都還得她咬著牙四處張羅，在家裡的榻榻米上，還是要教自己的女孩兒什麼才是優雅淡定。

她是個民國女子。

1944

家，9號標的

十九歲的美君一聽到空襲警報就牽著母親的手，帶著她拼命跑。她的母親小腳，總是得半拉半抱地推著走。日本飛機走了，祠堂被炸掉一半，血肉模糊半條人腿掛在樹上。

美君當然不知道，同一個時候，英國的飛機在炸德國佔領的法國、荷蘭，美國的飛機在炸日本佔領的台北、高雄。

她還沒聽過高雄這個地名，當然作夢也夢不到，沒幾年她就會莫名所以地在這個港口上岸，而且就在這港口，打下竹籬笆的樁，養雞、種菜、賣雜貨、養孩子。

一九四四年二月，美國空軍的秘密偵測機拍攝日本所屬高雄港的要塞，設定轟炸標的。六號標的是酒廠、一百七十七號標的是發電廠，四號標的是隱藏的儲油庫。九號標的，讓我仔細看看九號標的吧——是儲水庫、儲油庫、圓形建構。

美君為我打造的童年的竹籬笆圍著的家，不就在九號標的內嗎？

PROB. NATURAL GAS HOLDERS
CAMOUFLAGED FUEL STORAGE TANKS
T.4
POWER PLANT
T.177
CHEMICAL FERTILIZER PLANT
BRIDGE
ALUMINUM PLANT
T.3
BAUXITE STORAGE
REPORTED CARBONIC ACID
REPORTED COLD
TAKAO
R.R. SHOPS
IRON WORKS
ALCOHOL PLANT
T.6
T.9
REPORTED WATER TANKS
FUEL STORAGE TANKS
SHRINE
ROUNDHOUSES
TAKAO

1944—45

飢餓

抓著美君的裙角擠進戲院去看黃梅調電影「梁山伯與祝英台」，不知看了幾次。後來問她：你最喜歡的電影明星是誰？

她用此生不渝的堅毅語氣說：凌波。

那……奧黛麗赫本呢？你不是很喜歡「羅馬假期」嗎？

「赫本啊？」她說，「美是美，但是身子太單薄了，像營養不良，不好。」

美君的直覺，靈。

赫本晚年擔任聯合國的人道大使。有一次在饑荒的蘇丹，剛好看到一個躺在泥地上的男孩。她問醫生「他怎麼了」，醫生說，「這孩子十四歲，因為長期營養不良，有急性貧血，呼吸系統失調，水腫。」

赫本輕輕說，我懂。

比美君小四歲的赫本，在荷蘭爆發饑荒時，剛好十四歲。德軍佔領荷蘭，切斷了對外通路，加上盟軍日夜轟炸，城外農產品無法進城。在長達半年的圍城饑荒中，大約兩萬多人因為營養不良而死亡。赫本也病倒了，醫生給她的診斷是：急性貧血、呼吸系統失調、水腫。她一生的削瘦，來自戰爭的飢餓。

她說：當年是聯合國的救濟物資救了我，我今天來還債報恩。

給美君的信11

天長地久

人生裡有些事，就是不能蹉跎……

軟枝黃蟬有個英文名稱叫黃金喇叭；種在欄杆旁，熱帶的陽光和雨水日日交融，會讓面山的這片陽台很快就佈滿黃金喇叭，每天太陽一探出山頭，一百支黃澄澄的喇叭就像聽到召集令的衛兵號手一樣「噔」一聲挺立，向大武山行注目禮。

黃金喇叭隔壁種杜鵑，是為了色彩。這株杜鵑將在「黃金喇叭縱隊」卸妝休息的季節裡吐出迷幻似的粉紅色花朵。退後兩步，眼睛稍微瞇一下，我彷彿看見淡彩裡噴出粉白，把粉紅層層漸次渲染出一片雲蒸霧集的氣勢。

然後種下十二株虎頭茉莉。小時候唱的「好一朵美麗的茉莉花」都是清瘦單薄的小家碧玉，採下七八朵可以包進一條小小的手帕，讓書包一整天清香迴盪。虎頭茉莉卻像江湖大哥，不怒而威，擁槍自重，他的槍就是那密密交織、重重包圍的花瓣，散發出令人軟化投降的香氣。晚上月光如水，流瀉一地，虎頭茉莉搖曳在柔黃的月色中，朵朵皎白，傲岸不群。

剛來潮州的時候，當然馬上就到傳統市場和附近的花店去偵查花市，發現花店擺出來的多半是已經紮好的花束，劍蘭加菊花，或者夜來香加百合，花型一致。我問：「有玫瑰嗎？」賣花人說，「玫瑰有刺啦。神明花，要幾束？」

神明花？我恍然大悟；玫瑰不能供奉神明，因為玫瑰帶刺。《道法會元》說，「鮮花不用雞

冠花、石榴花、佛桑、長春葵，妖豔有刺者。」原來，我買花是為了取悅自己，鄉人買花是為了取悅神明。讀書人案頭的花，或妖豔或清麗、或奇峻或狂野，無不合適；神明案頭的花，卻必須清淨淡雅，一片冰心。

腎藥蘭

昨天開車去竹田鄉的天使花園農場買花，專門為了腎藥蘭的切花而去。年輕的農場主人讓我帶著剪刀進入園圃，彎腰花叢裡，一支一支剪下來。

一大束紅色的腎藥蘭插在清水玻璃瓶裡，有一種罕見的姿態。照理說，紅彤彤的一大把花，插在一起一定顯俗，但是腎藥蘭根本不屑你的尋常美學規則。它的絳紅花瓣質地柔軟如金絲絨，像白先勇的錢夫人深秋晚宴會穿在身上的旗袍，也像國家歌劇院舞台上堂堂垂下的古典紅絨布幕。

花色是正紅，給你一種人間爛漫的幸福感染，而五片花瓣裂成二大三小，以海星狀疏疏張開，使得原來可能太濃稠的美，一時又空靈綽約起來。花枝線條單純，主支往上，旁支往往就橫空出世，瀟灑地揮出水袖。

從來不那麼喜歡大紅大紫的我，竟然為紅色腎藥蘭的姿態傾倒。

朋友特別從台北下屏東來看我的潮州南書房。他吃驚地說，「你才下來兩個禮拜，可是黃蟬、杜鵑、茉莉花、桂花、美人蕉、薄荷草——看起來就像已經在這裡住了一輩子了。怎麼可能？」

我說，「那你還沒看到那一頭的菜園子呢。」

我們走到面對落日的陽台西端去看我種下的絲瓜、鬼椒、茄子、番茄、蕃薯、百香果……

他驚詫萬分，「怎麼好像打算在這裡住一輩子，不就是個短期逗留嗎？」

他的驚訝有兩重。一是，我怎麼會在這麼短的時間裡創造出一個「家園」來。但是更大的不解是，南下陪伴美君，不是長期定居，為什麼把一個暫居的「旅寓」如此認真地對待，以「家園」規格對待。

你猜得不錯，美君，後面是有故事的。

蹉跎

把一個貨物堆積到天花板、塵埃飛舞使你連打二十個噴嚏的倉庫改裝成一個寬敞明亮的寫作室，並且將廢棄二十年的花圃重新復活，全部在三個禮拜內風風火火完成。在追趕什麼呢？

應該是因為，曾經發生過的幾件事，教會了我：人生裡有些事情，不能蹉跎。

二十二歲的時候，遇見了一位美國教授。他是那個銀髮爍亮、溫文爾雅的大學者，來台訪問教學，我是那個剛剛大學畢業、沒見過世面、眼睛睜得大大凡事好奇的女生，被派去做他的接待——幫他張羅車票、填寫表格、翻譯文件、處理雜事。在每日的行政瑣事來來去去裡，我們會談天下事，他談美國的政治制度，我，在國民黨的國家教育灌輸之下，大概只有一派天真、兩分無知、三分浪漫的理想情懷。

他離開台灣的前夕，把我叫到面前，拿出一個牛皮紙袋，裡面是一堆英文文件，讓我簽名。他為我辦好了美國大學的入學手續，攻讀碩士，提供全額獎學金。

我是南部大學的文科畢業生。一九七四年，我的畢業班沒有出國留學的人。絕大多數都去做了鄉下的中學英文老師，小部分在貿易行裡做英文秘書。對於沒有資源和訊息的南部孩子而言，留學，是條遙遠、飄渺、不真實的路。

老教授深深地注視我，寓意深長地說，「你，一定要出去。」

很多年之後，我才能夠體會一九七四年從他的眼睛看到的我，是一個怎樣的我：這是一個心裡面有窗的青年，但是那扇窗沒有機會真正地打開。如果不走出去，她將永遠不知道什麼是誠實的風景、新鮮的空氣。

這一個改變我命運的人，當我因為他而走出村落、跨越大海、攀登山峰，越走越遠的時候，他一步步走向自己生命的幽谷。他的太太寄來他的照片，已經是形容消瘦坐在輪椅裡的老人了。我想去看他，總是太忙，總是有「明年」，總是有「唉再等一等吧」。有一次，公務行程已經讓我飛越半個地球，到了離他只有一小時車程的地方。知道他人在病榻，我徹夜輾轉，決定次日早晨無論如何都要拋開公務去看他。

次日早晨，幕僚手裡捧著行事曆，報告當日行程，一個接著一個，針都插不進縫裡。看著秘書緊繃的臉孔，我絕望，卻又軟弱地饒恕自己，「那……再等下一次機會吧。」

機會是這世界上最殘忍的情人，也許寵愛過你，可是一旦轉身絕不回頭。我錯過了宇宙行星運轉間那一個微小的時刻，此生不得再見。對改變了我命運的人，想在他彌留之際輕聲說一句「謝謝」——我蹉跎了。

當下

和安德烈曾經在香港一起生活七年。七年，夠長吧？

可是，事先無法想像我會在一個城市住下七年或九年；多年的浪跡，流動、暫居、旅寓，已經是我的心靈狀態——我永遠是個過客，在達達馬蹄聲中到來，懷著前一個城市的記憶，期待這一個城市的熱烈，準備下一個城市的啟程。

美君，你是在戰亂中流浪到這個海島來的人，當你手舉著鐵鎚，嘴含著鐵釘，滿身大汗蹲在地上搭建竹籬笆的時候，你沒以為那是永久的家園吧？

於是，我和安德烈在大海邊的家，美得像夢。日落海上的彩霞每天照進客廳，把客廳裡的白牆塗上一層油畫般的光澤，可是，我們的白牆上沒有一張畫，我們的地板上沒有一件自己的傢俱；最珍貴的照片包得緊緊的，留在箱子裡。因為——反正是暫居，是旅寓，不要麻煩吧……

一到海上日落時刻，我們就衝到陽台去看；陽台像劇院裡的貴賓包廂，我們每天欣賞南海日落的定目劇演出。當時沒意識到的是，每日落一次，生命就減少一截，一同生活的時間配額就耗掉一段。當分手的時刻突然到來，我還大吃一驚：嗄，就結束啦？

很慢很慢地，才體會到落日在跟我說什麼：

人生的聚，有定額，人生的散，有期程，你無法索求，更無法延期。

你以為落日天天絢爛回頭，晚霞夜夜華麗演出，其實，落日是時間的刻度，晚霞是生命的碼錶，每一個美的當下，一說出「當下」二字，它已經一筆勾銷。

安德烈的人生線條和我的線條交叉點過去，我們此生不再有機會同住在一個屋頂下。

總是在機會過去之後，我才明白，我必須學會把暫時片刻當做天長地久，把所有的「旅寓」給予「家園」的對待。陪伴美君是我錯失後的課業實踐。

給你一朵虎頭茉莉，那香氣啊，游到你夢裡。

給美君的信12

此生唯一能給的

我們是在山河破碎的時代裡出生的一代，
可是讓我們從滿目荒涼、一地碎片裡站起來，
抬頭挺胸、志氣滿懷走出去的人，卻不是我們……

有一天早上，大武山的晨光一射進百葉窗縫，貓還趴在地板上打呼，我的眼睫毛還未張開，就想給安德烈打電話。兄弟倆說是在安排十二月相聚的時間，不知結果如何。他們一個在倫敦，一個在維也納，媽媽在台灣，爸爸在德國。每個人都各有繁忙的工作、不同的時間表，還要設法把「分配給爸爸和媽媽的時間堅定錯開」；這個工作，實在傷腦筋。

被對待

我曾經慷慨大度地說，「這樣吧，體貼你們，我可以忍受爸爸一個晚餐時段，而且，最好他的女朋友也在，可以幫忙聊天。但是拜託，不要超過一晚。」

兒子用卡通效果的愉快語調連聲說「謝謝你的慷慨」，然後就開槍，「但是你搞錯了，把你們兩個放在一起會崩潰的是我們耶……」

這天早上沒用視訊，只是通話，聽見安德烈的聲音像鼻塞，做媽的問，「你感冒啦？」

他說，「沒有。」

「你怎麼會在家？今天不上班嗎？」

他用重感冒的聲音說，「現在倫敦幾乎是半夜，我本來已經快睡著了，明天一早要上班……」

美君，我突然想起爸爸。往往就在我在議會裡馬上要上台接受質詢，正在神經繃得快斷掉的時候，老爸來電話，用那種春日何遲遲、鶯飛草正長的慢悠悠湖南腔調說，「女兒啊，你好嗎……」

我抓狂了。對著手機像暴龍噴火，「沒空。」切斷電話。

知道安德烈工作忙碌的程度，我感覺愧疚，同時心中一驚：曾幾何時，我自己已經走到那個「春日何遲遲」的老爸位置了？這人生的時光影印機是怎麼回事？你以為把原件放進去，吐出來的是個無所謂的複本，哪知道在這個「無法轉身、不許回頭」的機器裡，時光鍵入之後，吐出來的複本竟然每一份都是原件，按鍵的你直接走入了原件，躺下來和那一代一代逝去者的生命面貌重疊在一起。原件驚悚通知：你曾經怎麼對待，如今就怎麼被對待。

計算

但是我們的倫敦午夜通話還沒完呢。接著他就跟我說了他跟弟弟飛力普如何分配時間：我先到維也納和弟弟二人相聚；然後弟弟跟我一起飛到倫敦，三人相聚；最後讓爸爸從德國飛來倫敦，當四人同在倫敦時，兄弟二人就拆開來輪流陪伴不想在一起的爸爸和媽媽。

你一定覺得這兄弟倆煞費苦心，令人同情吧？可是我說，「才不要呢，」我振振有詞，「倫敦在十二月又冷又黑街上又沒人，而且我還要少一個兒子，還要把時間跟人家分，不幹。」

聽得出安德烈幾乎要笑出來，或說，笑裡帶氣，氣笑得醒了過來，說，「你成熟一點好不好？」

「媽，」他的黑色幽默細胞又開始發作，「你數學不好，幾何也不及格，來，我跟你算一下，怎樣排列組合你得到的陪伴時間最多。」

我一邊聽，一邊想到「小三」——他的女朋友，說不定就在他身旁偷笑，有點丟臉，但是，「沒關係，」我心想，「總有一天輪到你。」

安德烈就把天數及兩個兒子的人數分成不同的單元，在隔著英吉利海峽、歐洲大陸、亞洲大陸、太平洋的淼茫空間裡，有如說明數學方程式一樣跟我分析我如何獲得最大量的兩個兒子的共處時間。

我知道他用這個誇張的方式來凸顯此番母子夜談內容的荒誕。

這真的夠荒誕。一個自詡為超級理性知識分子的媽在跟兒子耍賴，不要這個不要那個，還斤斤計較相聚的一分一秒。我的理性「女朋友」們若是知道了一定對我的行徑深覺不齒，罵我是「神經病」。

數學算完了，我接受了。這午夜談話怎麼結束呢？做媽的說，「你知道我這麼計較，並不是因為我寂寞無聊、需要你們的陪伴？」

安德烈在那頭說，「知道知道，你一點也不需要陪伴啦。」他打了一個故意讓我聽得見的大哈欠說，「你是為我們好，希望你死了以後我們沒有遺憾。」

在他的半戲謔半認真、在我的半惱怒半自嘲中，我們無比甜蜜地道了再見。

回家

很多朋友問我是什麼讓我下了決心離開台北，搬到鄉間。他們知道我在過去的十五年裡，不論是在香港還是在台北工作，每兩個星期我都會到潮州去陪伴你，不曾中斷。但是你無法言語，在一旁聊盡心意的我，不知道你心裡明不明白我是誰；不知道當我握著你的手時，你是否知道那傳過來的體溫來自你的女兒；不知道我的聲音對你有沒有任何意義？我的親吻和擁抱是不是等同於職業看護那生硬的、不得已的碰觸？你是否能感受到我的柔軟，和別人不一樣？

十五年了，我不知道。

四月初，生平第一次參加了一個禁語的禪修。在鳥鳴聲中學習「行禪」，山徑上一朵一朵墜落的木棉花，錯錯落落在因風搖晃的樹影之間。木棉花雖已凋零，花瓣卻仍然肥美紅豔；生命的凋零是一寸一寸漸進的。

眼眉低垂，一呼吸一落步，花影間，我做了一個決定。

一回到台北就南下潮州，開始找房子想租。很快就發現，鄉間的住宅大多窗戶很小，但是寫作的人內心有黑室，需要明亮開敞的大窗，讓日光穿透進來。被仲介帶著看這看那，一個半月之後，決定放棄。

還是找塊地自己建個小木屋吧。我跟仲介說，幫我找這樣一塊農地：開門就見大武山，每天看見台東的太陽翻過山來照我；要不然，開門就見大草原，那塊每天都有軍機跳傘的綠油油大草坪就很好；要不然，開門就見「白鷺下秋水，孤飛如墜霜」，就是李白見到的那塊地啦，也可以接受。

一個半月之後，放棄農地了。因為，當我終於看中了一塊「西塞山前白鷺飛」的美麗農地時，仲介說，「建小木屋只能非法的，你是知道的，對吧？」

我說，「我不知道。但是非法的我不能做。」

他很驚訝，「人人都做，為什麼你不能做？」

我把運動帽檐再壓低一點，現在連鼻子都遮住了，想跟他開個玩笑說，「蘇嘉全偷偷告訴我的……」轉念覺得，別淘氣，於是就只對他說，「唉，就是不能違法啊。」

從行禪動念到此刻，三個月過去了。能再等嗎？美君能等嗎？

我當天就央求哥哥把他倉庫出讓，一週內全部清空。再懇求好友三週內完成所有整修工程。第四週，捲起台北的細軟——包括兩隻都市貓咪和沉重無比的幾箱書以及電腦的硬的軟的，在大雨滂沱中飛車離開了台北。從動念到入住，一分鐘都沒有浪費。

在你身旁

不再是匆匆來，匆匆一瞥，匆匆走；不再是虛晃一招的「媽你好嗎」然後就坐到一旁低頭看手機；不再是一個月打一兩次淺淺的照面；真正兩腳著地，留在你身旁，我才認識了九十三歲的你，失智的你。

我無法讓你重生力氣走路，無法讓你突然開口跟我說話，無法判知當我說「我很愛你媽媽」時你是否聽懂，但是我發現有很多事情可以做，而且只有留在你身旁時才做得到。

我可以用輪椅推著你上菜市場；我會注意到，在熙熙攘攘的菜市場裡，野薑花和綠檸檬的氣味相混、虱目魚和新切雞肉的腥氣激盪、賣內衣束褲的女人透過喇叭熱切的呼喚聲，都使你側耳傾聽。

我可以讓你坐在我書桌旁的沙發上，埋頭寫稿時，你就在我的視線內，如同安德烈和飛力普小時候，把他們放在書桌旁視線之內一樣。打電腦太久而肩頸僵硬時，就拿著筆記本到沙發跟你擠一起，讓你的身體靠著我的身體。

因為留在你身旁，我終於第一次得知，你完全感受我的溫暖和情感汩汩地流向你。

我們是在山河破碎的時代裡出生的一代，可是讓我們從滿目荒涼、一地碎片裡站起來，抬頭挺胸、志氣滿懷走出去的人，卻不是我們，而是美君你，和那一生艱辛奮鬥的你的同代人。現在你們成了步履蹣跚、眼神黯淡、不言不語的人了，我們可以給你們什麼呢？

我們能夠給的，多半是比你們破碎時代好一百倍的房子、車子、吃不完的、丟不完的衣服，喔，或許還有二十四小時的外傭和看護。但是，為什麼我們仍然覺得那麼不安呢？

那是因為我們每一個在假裝正常過日子的中年兒女其實都知道，我們所給的這一切，恰恰是你們最不在乎的，而你們真正在乎和渴望的，卻又是我們最難給出的。我們有千萬個原因蹉跎，

我們有千萬個理由不給，一直到你們突然轉身、無語離去，我們就帶著那不知怎麼訴說的心靈深處的悔欠和疼痛，默默走向自己的最後。

你們走後，輪到的就是我們。

在木棉道上行禪時，我對自己說，不要騙自己了。此生唯一能給的，只有陪伴。而且，就在當下，因為，人走，茶涼，緣滅，生命從不等候。

給美君的信13

時間是什麼？

這世界上凡是不滅的，都在你自己的心裡。

一九四六年一個叫彼得的小孩給愛因斯坦寫了封信：

愛因斯坦先生：

你能不能告訴我，時間是什麼？靈魂是什麼？天堂是什麼？

時間、靈魂、天堂，親愛的，都和你我有關。所以，讓我泡杯茶，到陽台上吹風想想。

時間

七十六億人中的大多數，是看不見時間的。在政府工作的時候，清晨一張開眼睛，我的身體即刻緊繃，是一個已按「啟動」鍵的機器；我的頭腦飛速運作，是一個已按「開機」鍵的電腦。然後一整天，身邊的人跟著我高速運轉，我聽見自己不停地說：抓緊時間；時間不夠了；怎麼回事時間又到了；天哪我沒有時間了；我需要，我需要，我需要一天七十二小時……

若是有個頭上長著吸盤的外星人躲在公文櫃裡偷窺，他會覺得，這個被一堆人喚作「部長」的人類，很不對勁，她在跟一個東西不間斷地格鬥。那東西的名字叫「時間」。

你能想像我說的是：抓緊兔子；兔子不夠了；怎麼回事兔子又到了；天哪我沒有兔子了；我需要，我需要，我需要一天七十二隻兔子……

當你在跟一個東西格鬥的時候，你絕對沒在看那個東西。當你在跟時間格鬥的時候，你絕對沒在看時間。所以，所有忙碌得團團轉、自覺很重要、嘴裡一直喊「時間」的人，其實並不知道時間真正在對他進行什麼機密任務。

日及

現在的我，才看得見時間。

單單是這個陽台，時間的機密就每天洩漏。

洩漏在軟枝黃蟬的枝葉蔓延裡，枝葉沿著我做的籬笆，一天推進兩公分。

洩漏在紫藤的枝幹茁長上，每天長胖一釐米，抽高一公分。洩漏在玉女番茄的皮膚裡，每黃昏一次，胭脂色就加深一層，好像番茄每天跟晚霞借顏色，粉染自己。

上週種下一株扶桑——就是朱槿、大紅花。在鄉下，人們以扶桑花做籬笆。一整面籬笆的燦爛紅花迎風搖曳是鄉村的一枚胸章。

你以為他們就是一群花朵像裝飾品一樣固定地長在那兒。種下了這一株之後，才知道，原來每一朵花都有獨立人格，是朝開夕墜的，也就是說，今天上場的，不是昨天那一朵。扶桑花感應到清晨第一道日光照射，就奔放綻開；傍晚時日光一暗，紅花就收攏，謝幕，退場，與花蒂極乾脆地辭別落地。

李時珍稱扶桑為「日及」，因為它「東海日出處有扶桑樹，此花光艷照日。」所以，最不矜持作態的籬笆「賤花」扶桑，是個標準計時器。而你一旦知道了它有時辰，就會對每天開出的那一朵鄭重端詳，因為你知道，一到傍晚，它就會離開你，留不住的。

老貓

我站在陽台上就可以目睹扶桑花的生死開謝。跨度是二十四小時。

陽台上還有貓。美君，它剛才還趴在你身邊，利用你的體溫給自己發電，猛打呼嚕。閉著眼的你抓抓它，不知道是貓，把它毛茸茸的頭當做一粒網球開始捏起來，它知道危在旦夕，一溜煙逃走了。陽光點亮了陽台，現在貓在陽台上做日光浴。

扶桑花生死計量是二十四小時。貓呢？它的年齡以我的倍數增加。兩歲的它等於我的二十四歲。已經活了五年的它，現在是三十六歲；再過兩年，七歲的它就老態龍鍾了。十五歲，它老人家就過完了一生，如花辭謝。

所以我和它相處的時間，剩下十年。這十年中，彷彿它體內有一個時光加速器，讓它一天一天急遽老去。我們的身體在同一個空間，可是我們以不同的時間速度在走向終點。

如果說，黃蟬、紫藤和扶桑，很明確地每天洩漏給我看時間的機密，那麼這隻貓，雖然不動聲色，我卻也無比清晰地聽見它體內的時鐘滴答。在很短的時間裡，親眼看見它從一個發瘋似地追著自己尾巴亂轉亂跳的青春好奇小貓一轉瞬就變成一個老成持重、大腹便便、膩在太陽裡瞇眼伸懶腰的老貓。

毛茸茸、熱呼呼的貓咪，也是一個計時器。跨度是十五二十年。

靈魂

你曾經隨著鄰居的邀約進了鄉下的教堂受了洗。而且是真的受洗——整個人浸進水裡頭。很多年，你什麼首飾都不戴。給你青翠的碧玉，給你絳紅的瑪瑙，給你斑斕的琥珀，你都放進抽屜裡，唯一掛在身上的，是一條黃金打造的十字架項鍊。

每次送你進醫院，我就把這條項鍊收起來，出院了，再為你戴上。一直到有一天，你已經不知道身上有什麼了，我最後一次把項鍊拿下來，收進一個繡花包裡，不再為你戴上。

前幾天，整理冬天衣物時，看見了這個繡花包，不禁發怔：以後，誰會戴這條項鍊？對於我，它太重——記憶太重，意義太沉，不敢戴、不忍戴。對於別人，它太輕，沒有記憶沒有意義，只是舊時金屬，重量一兩。

這個十字架，美君，以後你覺得它應該去哪裡呢？

愛因斯坦似乎並沒有回覆小彼得的來信，我們不知道他怎麼回答孩子「靈魂是什麼」，但是我記得他回覆過另一封信，一封很傷心的來信。

愛因斯坦先生，

去年夏天我十一歲的兒子死於小兒麻痺。我的生命因為他的死而裂成碎片，徹底空了。我一直在尋找一個信仰來支撐自己，試圖相信，兒子在另一個更高的世界繼續存在著。我跟自己說，怎麼可能身體消失了靈魂就不存在？

可是，在你新書《我看見的世界》第五頁，你說，「我無法理解肉體消滅了以後人還存在。這種認知只是弱智者的恐懼或荒唐的自我誇大而已。」

痛苦無助的我想請教你：在這樣的絕望中，你難道就看不到任何慰藉的可能嗎？你難道要我真的相信，我那可愛的孩子就是成了灰？……

如果你是愛因斯坦，你要怎麼回覆這個心碎的爸爸呢？

愛因斯坦的回信是這樣的：

M先生：

人，是宇宙現象的一部分，受時間，受空間的限制。人感受他的自我、他的思想和情感，以為自己似乎獨立於宇宙現象之外，但這是一個錯覺。怎麼把自己從這個錯覺解放出來，是宗教的真正意義所在。不去加深這個錯覺，而是去克服它，才能獲得心靈的平靜。

艾伯特・愛因斯坦 敬上

愛因斯坦沒有給一句婉轉的、療傷的、安慰的話。

天堂

當我趴在地毯上和貓咪那雙深奧大眼睛面對面凝視時，我倒是覺得它，有靈魂。

我們雖是一人一獸，但都是生命，同屬愛因斯坦所說「宇宙的一部分」。我有情感有記憶，它有情感有記憶，只不過我的比它的稍長一點點。在無盡的空間穹蒼中，在深邃的時間巨流裡，我們有一個電光石火的交會，已是奇蹟。交會後各自劃入黑暗，沒入灰塵，它帶著它的記憶，我帶著我的理解。

一人和一獸，我看不出差別。

若是我回信，大概會這樣說：

M先生，

上墳時，你帶一束玫瑰花。花瓣會枯萎，但是花的香氣留在你心裡。不是嗎？所以，這世界上凡是不滅的，都在你自己的心裡。那兒就是你孩子的天堂。

機密

繡花包裡的十字架，我其實知道，不管最後去了哪裡，反正已經永遠在我的心裡。

懶貓兒睡著了，美君垂頭打盹。太陽已經走到西邊的海峽，扶桑花已經合攏即將墜土，我的白髮長出了半寸，這一天完美地計量完畢。

那忙碌得團團轉的人，留意咯，因為真正的時間巨流，在你忙碌於格鬥的時候，已經悄悄做了無聲的乾坤挪移，進行它的機密任務：把你的生命本身一寸一寸挪走了。

何必遲疑呢？
每一寸時光，
都讓它潤物無聲

1942

九條命

「這是誰的名字？」

「爸爸的。」

「爸爸怎麼是這個名字？」

美君笑著說，「傻孩子，兵荒馬亂啊，每個人都有好幾個編出來的名字，好多種身分，不然怎麼活得下去。」

從戰爭活下來的人，都得有九條命，爆掉一條再換一條。

美國一個「墓地查詢網站」上，有個叫 Yang Kyoungjong 的人。籍貫可能是韓國，也可能是中國東北的朝鮮族。十八歲被日本人徵進關東軍，跟蘇聯紅軍打諾門罕戰役。被俘虜，送進了蘇聯集中營裡做苦役。

一九四二年德軍猛烈攻擊蘇聯，他又當兵了，這回蘇聯把楊景鐘編入紅軍，千里跋涉被送到東歐戰場跟德軍作戰。

在烏克蘭冰天雪地的壕溝裡，這回他被德軍俘虜了。德軍需要人力戰力，於是當英美法盟軍進攻時，德軍不管三七二十一，就把他這俘虜送上前線，去諾曼第作戰。

D-Day 美軍登上了諾曼第，俘虜了大批德軍，但是大吃一驚：德軍裡怎麼有個日本兵？偵訊了半天，又發現這奇怪的日本兵一句日語也不懂。最後把他送到美國，才慢慢搞懂，這十八歲的東北孩子從日本關東軍變蘇聯紅軍，變納粹士兵，最後在諾曼第變成德國戰俘。生生死死幾條命活下來，這孩子才二十五歲。

1945

古城

去年冬天，安德烈經過德瑞斯登，發來幾張照片。古城在白雪的覆蓋下，美得像小時候神父給的灑了銀屑的聖誕卡片。教堂的尖塔映在深藍色的夜空裡，溫暖的燈火照亮了古樸的石板街道。我們在線上交談：

安：我第一次到德瑞斯登。感覺很特別。

媽：怎麼說？

安：小學就讀過德瑞斯登大轟炸，但是老師總是欲言又止，我們也就知道該是碰到了敏感的東西。反省德國的罪孽，一直就是課程主軸，其他少談。其實我對德瑞斯登轟炸知道得不多。

媽：我倒是比較早就知道了，一九四五年二月十三日，英國轟炸機大概對城裡丟下了兩千六百噸炸彈。但是，你知道讓我最驚異的是什麼嗎？

安：什麼？

媽：就是，整個二戰裡，德軍在英國總共投下了七．四萬噸炸彈，而盟軍在德國投下的卻是一百三十萬噸炸彈。這個落差實在太驚人了。

安：是啊，德國到現在還每天發現未爆彈。可是，我問你，原子彈之前，你知道美軍在日本丟了多少炸彈嗎？

媽：喔，還真不知道。

1945

親愛的弟弟

歐唐納（Joe O'Donnell）是美軍派到日本去了解戰後狀況的攝影師。很多年後，他回憶一九四五年八月拍下這張照片的那一個光景：

我看見這個大概十歲大的男孩走過來。他背著一個小弟弟。在日本常看見大一點的孩子背著幼小弟妹一起玩，但是這個男孩不太一樣。他很嚴肅。沒穿鞋，表情僵硬。背著的小嬰兒的頭垂向一邊，好像睡著了。

男孩就這樣立正站在那裡，站了大概十分鐘。戴白口罩的大人走過去跟他說話，然後把綁著嬰兒的背帶解下來。這時我才發現——那嬰兒是死的。

然後大人用手托著嬰兒的頭跟腳，把他放在火上。嬰兒的哥哥一直立正站著，一動不動，眼睛盯著火。他緊咬著下唇，咬到出血。燒著的火，慢慢暗下來，像落日。最後男孩轉過身去，一言不發地離開。

1946

宵月

漁村裡大家叫她「黑貓」，三十多歲吧，在我十七歲的眼中，她確實是村裡的美人——細瘦柔軟的腰身，走路時裙襬生風。從魚塭旁經過，蹲著幹活的男人放下手中的活，頭跟著她轉。

「黑貓」跟美君常在一起織漁網聊天。美君說，「黑貓」不簡單，她小時候跟爸媽住在澳洲，後來逃難回台灣。我說，她不是本地人嗎怎麼會「逃難」？美君說，不清楚，就是戰爭結束以後，在澳洲搭上一艘「可怕得像地獄」的軍艦，昏天黑地饑餓又嘔吐回到台灣。當時只有十一二歲，也不太明白怎麼回事。反正，台灣南部漁村的「黑貓」對浙江淳安的美君說，「我跟你們外省人一樣啦，逃過難的。」

很多年以後，一份一九四六年的澳洲報紙讓我終於明白了「黑貓」說的是什麼。

日本地獄船風波

福爾摩沙婦女被迫上宵月鑑

一九四六年三月六日雪梨電——

大約一百名福爾摩沙婦女及一百一十二名兒童邊哭邊上了驅逐艦宵月號，啟程前往福爾摩沙、韓國及日本。艦上情況之惡劣讓人震驚……其中十五人躺在擔架上，還有兩名孕婦。他們被迫與八百五十個被遣返的日本戰俘混在一起，擠進45×21英尺空間，缺通風口，有如烤箱，極不人道……開船時，這些婦女緊擁孩子哭泣，少女抱成一團，大約有四十個年輕女孩在碼頭上放聲痛哭……

一個男人大喊：「我們寧死也不上這艘船……我們是中國人，不可以算我們是日本人……」

SUNRISE

1946

回家

美君和丈夫在一九八七年到歐洲遊玩，和德國的親家見面。兩對夫妻坐在法蘭克福老城的餐廳裡，看著窗外開始飄雪。不怕冷的年輕德國媽媽推著嬰兒車，在雪地裡走來走去，美君盯著看，說，「德國寶寶的臉真的紅得像蘋果一樣。」

婆婆瑪麗亞正在解釋坐在身旁的丈夫是第二任丈夫，因為第一任丈夫去打仗，最後一封家書來自列寧格勒的戰場，後來的陣亡通知書也發自蘇聯戰場前線。戰後，她變成帶著兩個小孩的寡婦。

「那……」美君轉向瑪麗亞的丈夫，說，「你很了不起啊，願意娶一個寡婦帶兩個小孩。」

瑪麗亞的丈夫笑著說，「沒特別了不起啦。一九四六年的德國，滿街都是寡婦和小孩啊，男人幾乎都沒了。還有成千上萬的年輕男人被關在蘇聯的集中營裡，好不容易回到家鄉，只看見廢墟……」

逃亡包

在一個家族聚會的晚上，剛好地震，大樓上下搖晃，書架上的書本都掉了下來。驚嚇之餘，沒人敢再回到床上，乾脆拿出高粱酒來，坐在一起守夜。有人說，也許應該準備一個「逃亡包」，放在床頭，隨時拎起來就可以跑。

但是「逃亡包」裡頭應該放什麼東西呢？老大篤定地說，「水，當然是水。有水就可以在廢墟之下多撐幾天。」

眾人七嘴八舌，一人說一件東西：

手電筒！蠟燭！打火機！巧克力！雨衣！護照！錢包！身分證！手機！電腦！

這時，美君將近八十歲的老伴，大家以為他垂著頭已經在沙發裡睡著了，突然抬起頭來，很認真地一個字一個字說：

畢－業－證－書！

大家笑成一團。老爸真的被戰爭嚇怕了。是的，國破山河在的時代裡，多少人在戰火猙獰的路上畢業證書被火燒了、被水浸了、被土埋了、被血糊了，此後無法證明自己，終生潦倒。

奶奶你呢？奶奶你放什麼到逃生包呢？

美君認真地說：

那還用說，一定放一張全家人的照片啊。

訓練期滿證書

茲有學員[illegible]係河南省[illegible]縣
人現年二四歲在本校軍官邊區
語文班俄文丙組第一期訓練一年
期滿考查成績及格此證

中央陸軍軍官學校校 長 蔣中正
教育長 萬耀煌

中華民國三十五年九月 日

印花

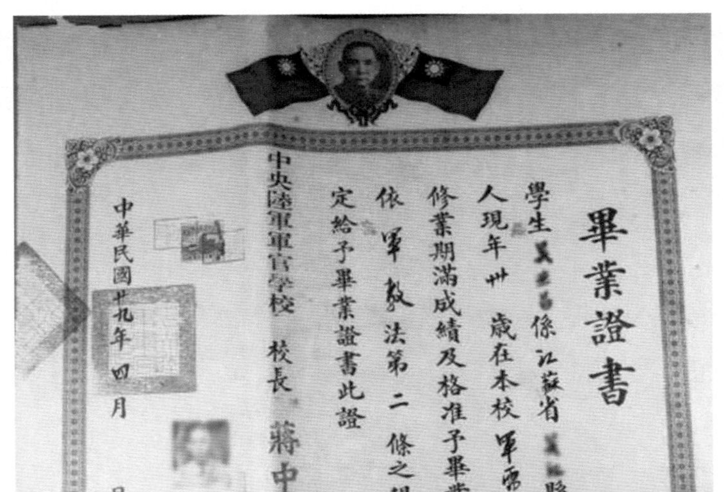

畢業證書

學生[illegible]係江蘇省[illegible]縣
人現年卅 歲在本校軍需科
修業期滿成績及格准予畢業
依 軍教 法第二條之規
定給予畢業證書此證

中央陸軍軍官學校 校長 蔣中正

中華民國廿九年四月 日

1950

親愛的溫暖的手

我們開車從伊斯坦堡沿著黑海海岸往北走。冬雪帶著寒意的陽光，照亮了黑海金色的海面。伊斯米給我上地理課：

就這樣沿著海岸再往北走，就是保加利亞，然後是羅馬尼亞，從羅馬尼亞往右轉，就是烏克蘭。我爸打韓戰回來就是從烏克蘭轉回來的。

我大吃一驚：

你爸打韓戰？有沒有搞錯？土耳其人打韓戰？

伊斯米聳聳肩：

這是他跟我們說的呀。他去的時候，韓國在哪裡都不知道。從戰場回到伊斯坦堡就加緊跟我媽做愛，我就出生了。

回到旅館趕忙補做功課。原諒我無知，伊斯米。韓戰，聯合國組織了十六個國家派兵參戰，四十一個國家認捐物資。那是一場在朝鮮半島開打的世界大戰。雪很深，埋著曾經親愛的手。

一九五〇年六月二十五日韓戰爆發。那時的美君，二十五歲，緊緊抱著五個月大的嬰兒，神情焦灼，每天到碼頭上去找失散的丈夫。一個月前她才剛剛踉蹌走下甲板，踏上高雄碼頭，烈日當頭，人潮洶湧，她東張西望，不知道該往哪個方向走去。

給美君的信14

讓我喋喋不休

如果在你有念頭、有思維的「有效時光」裡
我就跟你這樣喋喋不休，
你用你明亮的眼睛看著我，那該多好？

我的茉莉花，被蝸牛吃掉了。園藝師說，天黑的時候，黏瘩瘩的牛兒們都會出來，你就拿個手電筒照，一個一個逮捕。

「烤來吃？」我問。

他做出噁心的表情。

他送給我一株開著碎條紅花的小樹。等他走了，我就端了張椅子，坐在小樹前，趁著夕陽溫慢的光，仔仔細細地端詳。

花形可真別緻，一朵花像是美勞課用剪刀剪出來的細絲彩帶紮成一束，有如紅色的穗條。馬上查閱，神奇，這花的英文俗名竟然就叫「中國紅穗花」。風一吹，細細的花穗就像彩帶飛舞，也難怪叫紅彩木。

紅彩木，金縷梅科，也叫紅檵木——慢點，枸杞也叫枸檵，難道他們是親戚嗎？可是枸杞是茄科，不是金縷梅科。

我一手拿著手機讀資料，一手摸葉子和莖，一一比對。

「小枝條有繡褐色星狀毛」，對。

「葉互生，葉片卵形，基部鈍形，全緣或細鋸齒緣」，對。

「花，三至八朵簇生小側枝端」，對。

「苞片條形，長約〇．三公分」，對……

你不懂

認識一株植物，我像關西摸骨師一樣一節一節摸下去。然後開始走神，突然想起什麼就對著紅彩木笑出聲來。以前的你，在一旁幫我澆水，這時會說，「那是棵什麼樹？你又在笑什麼？」我可能不會理睬你，因為，沒什麼學問的你，我想的，你反正聽不懂，說起來好麻煩啊。你習慣了我的懶於回答，自顧自就繼續澆水。

我認識到我的問題了，美君。

安德烈小的時候，對我問個不停。

鸚鵡身上的顏色從哪裡來，為什麼不像我的褲子一樣會掉色？

花為什麼會香？

我從哪裡來的？

為什麼狗狗有毛，我沒有？
天為什麼藍，草為什麼綠，星星為什麼不會掉下來？
蜜蜂跟蒼蠅是不是兄弟？

沒有一個問題是容易的，可是我回答又回答，答不出來的，就把百科全書圖繪本找出來，跟他趴在地板上按圖索驥，上天下海地把答案找出來，說明白，沒有一個時刻覺得「你反正聽不懂，說起來好麻煩。」

我自己小的時候，如同任何一個兒童，勢必也曾經不斷地問你：

軍艦為什麼是灰色的？大船下面為什麼塗紅漆？
眼淚為什麼鹹，蜂蜜為什麼甜，芒果為什麼酸？
鞭炮為什麼是一串，毛線為什麼是一團，冰棒為什麼是一支？
為什麼是海鷗衝下去吃魚，不是魚跳起來吃海鷗？

你也曾經不厭其煩地回答又回答，每一個回答都會引出另一個發問。你一邊招呼來雜貨鋪裡買茶葉雞蛋鐵釘的客人，一邊回答那喋喋不休的我。

但是後來，孩子長大了，他對父母的頻頻發問只覺得一個字，煩。養兒育女的人是否早就知道，當初做牛做馬讓兒女受高等教育，最後會換得他們從高處俯視你，不耐煩地對你說，「哎呀，你不懂啦」？

此刻，我在陽台這一頭與紅穗花相對而坐，噗哧一笑，你坐在陽台那一頭，柔弱地垂著頭，監禁在自己的空曠裡。

你塞著耳機，給你放的是紹興戲。讓你聽鄉音，或許能安定你惶惑不安的心，或許能勾回你斷了線的記憶，使你不覺得世界那麼荒涼；或許鄉音和少年時的音樂是一條溫柔的繩索，勉強能拉住你，讓你不致於直直墜入孤獨的深海。

你靜悄悄地坐在那裡，我看見的是你駝著的背和白髮。此刻我真正渴望的，是你突然轉過頭來認真、專注地看著我，問我「這是什麼樹」，問我「為什麼樹會開花」，問我「紅彩木和枸杞是不是姐妹」，讓我跟你喋喋不休、喋喋不休，把這一輩子曾經嫌棄你不懂而不想跟你說的話，好好從頭說一遍。

七天七夜竹

好，那麼就讓我告訴你剛剛為什麼突然發笑。在我盯著紅彩木的時候，我想到五百年前有個讀書人，叫王陽明，陽光的陽，明白的明。他從朱熹那兒知道「致知」必須透過「格物」。二十一歲那一年，有一天他看到院子裡有竹子，就請一個好朋友先過來「格竹」。你知道，「格」，就是徹底搞清楚的意思。

那個朋友跟我剛剛一樣，端了個椅子坐在那叢竹子前面盯著看，看了三天三夜，什麼體會也沒有，反倒病倒了。

接下來王陽明自己搬了條凳子守在竹子前面。他呀，盯了七天七夜，結果當然是，病倒了。夜涼霜重，我猜王陽明得了重感冒，流著鼻涕打著噴嚏回房倒下。

最有意思的是，王陽明因為格竹格不出什麼深奧的大道理，對尊敬的老師朱熹感覺失望，反而開發了新的理論，就是，原來知識不需要依靠外求，大千世界全在一心之內。他因此開創了心學。

其實，朱老師說的是，「眾物必有表裡精粗，一草一木，皆涵至理。」你想想，要了解竹，該做什麼？親手去挑，你就認識了品種學。親身種下，你就明白了土壤學。觀察、記錄它每天的成長，你就瞭解了植物學。把葉子取下，放到顯微鏡下面審視，發現葉上有蟲，你就進入了植物病理學。對吧？

可是王陽明把朱熹的「至理」認知為聖人的道理，而不是外在客觀的知識，所以他只是搬了個椅子盯著看。丁肇中笑說，「這位先生明明是把探察外界誤認為探討自己」，知識不是袖手旁觀來的。他說，到今天中國學生都傾向於坐著動腦，不喜歡站起來動手，就是王陽明思想的影響。

喔，丁肇中就是那個得到諾貝爾獎的物理學家。在日內瓦時我們曾在美麗的日內瓦湖邊吃飯，很可愛的人。

你還有興趣聽下去嗎？

我坐在那紅彩木前，其實是一心多用的。一面用手在給紅彩木做「體檢」，認識它的樹形、葉形、枝形、花序、花瓣的質地，同時腦子裡流過很多、很多的念頭。我相信你也是。譬如我們讀書時，你每天早上五點鐘就摸黑起來幫我們做便當，手上在做便當，你的腦子一定是千頭萬緒轉動——要到哪裡標會把學費湊足、老大不愛讀書怎麼辦、颱風把屋瓦吹跑了、養豬補貼點家用如何……

心

坐在紅彩木前，我的思緒轉到王陽明的一次郊遊。他一個朋友指著峭壁岩石裡長出來的一株花樹，故意挑戰，說，你老兄總是說「天下無心外之物」，但是你看這一株花朵盛開的樹，長在深山峭壁，它在深山中自開自落，跟我的「心」有什麼關係？

王陽明就回答：

你未看此花時，此花與汝心同歸於寂；你來看此花時，則此花顏色一時明白起來，便知此花不在你的心外。

你知道這多有意思嗎？「心」這個東西，究竟是什麼，到今天科學的發展如此進步，人類其實還搞不清楚。哲學家和神經學家吵個不停；神經學家說，什麼心，不過就是那一團黏黏糊糊的軟肉，叫做「腦」，裡頭埋著很多神經，主導人的感情和思維。哲學家說，「那你告訴我，如果把腦神經全部複製了，做出來的，就是『人』嗎？你敢稱他『人』嗎？人工智慧即使做到百分之百——你敢叫它『人』嗎？除了佈滿神經的那一堆你稱為『腦』的東西之外，還有你看不到、摸不著的東西，叫做『心』……」

你還聽嗎，美君，我可以繼續說給你聽嗎？

然後我就想到莊子和一個法國人叫做笛卡兒。莊周夢蝶你是知道的。他夢見自己是一隻蝴蝶，醒來之後問自己說，到底是我這個人在夢裡變蝴蝶，還是倒過來，其實我是蝴蝶，夢見我是人，而我現在其實走在真我——蝴蝶——的夢裡？

莊子在問的當然不是蝴蝶不蝴蝶，而是人的存在本質究竟是什麼的問題。笛卡兒比王陽明晚生一百多年，他想破頭的問題是：我怎麼證明我存在呢？折騰多年最後找到答案了，他說，我有念頭，就證明我有思維，有思維，就證明我存在。

然後呢，美君，我在檢查紅彩木的穗花瓣的時候，回頭看了你一下，想看看你的耳機是不是被你扯下來了，然後我的念頭就轉了方向：如果有念頭、有思維，證明我存在，那麼倒過來問：當我沒了念頭、沒了思維，是否就證明了我的不存在？

可是，沒了念頭和思維，就是我死了，沒有一個死人會站起來跟你宣布「我死了」，這件事邏輯上不可能發生，所以「存在」可以證明，但是「不存在」無法證明，對吧，美君？詭辯家可以說，人是永生的，因為他永遠不能宣稱他的不存在。

回不去

我走到你身旁，跪在地板上，摘下你的耳機，塞進我自己耳裡，聽聽看聲音是不是正常；我不知道你是不是真的在聽，是不是真的明白這是「越劇」，你知不知道你的女兒在你身旁？老實說，此刻的我有點兒微微的悲傷，跟你從紅彩木說到王陽明說到笛卡兒說到神經學——如果在你有念頭、有思維的「有效時光」裡我就跟你這樣喋喋不休，也不管你是不是聽得懂，而你用你明亮的眼睛看著我，那該多好，可是，怎麼就回不去了呢……

給美君的信15

有時

那麼，何必遲疑呢？
每一寸時光，都讓它潤物無聲吧。

我的書桌面對著開闊的陽台，陽台上色彩鬧哄哄的九重葛和華麗的扶桑盛開，肥貓趴在花叢下，不，他不是趴著的，他是仰躺的，叉開兩腿，四腳朝天，攤開他白花花的肚子，曬著太陽。

妹妹

九十三歲的美君坐在我書桌的旁邊，正面對著我。她的頭髮全白，垂著頭，似乎在打盹。為了不讓她白天睡太多，這時我會離開書桌，把玫瑰水拿過來，對她說，來，抬頭，不要睡，給你香香，噴一下喔。然後餵她喝水，是泡好涼過的洋甘菊茶，用湯匙一匙一匙餵，怕她嗆到。她睜開眼睛，順從地一口一口抿著水。我聽見自己說，「張開嘴，很好，媽媽，你好乖。」

記憶在時光流轉中參差交錯，斑駁重疊。年幼的我，牙疼得一直哭。美君切了一個冰梨，打成汁，讓我坐著，一匙一匙餵著我，說，「張開嘴，很好，妹妹，你好乖。」

美君自己曾經是個「妹妹」。她說，那一年，採花的時候摔到山溝裡去了，從坡頂一路滾下去，全身被荊棘刺得體無完膚，奶奶抱著她，一面心疼地流淚，一面哄，「妹妹，不要怕，妹妹，不要怕……」

從三歲的「妹妹」走到九十三歲的「媽媽」，中間發生了什麼？

姐姐

美君早期穿的是素色的棉布旗袍。蹲下來為孩子洗澡的時候，裙衩拉到大腿上去。光溜溜的孩子放在一個大鋁盆裡，洗澡水，是接下來的雨水放到台灣南部的大太陽裡曬熱的，曬了一整天，趁熱給孩子洗澡。

旗袍是窄裙，孩子的手不好拉。後來，當我長到她的腰高時，她隨俗也開始穿起當地農村婦女喜歡的洋裝，裙擺寬幅，還有皺摺，讓我很方便地緊抓一把裙角，跟著上市場。市場裡賣魚的女人，拿著刀，枱子上一灘血水，她刀起刀落，高興地說，「妹妹，叫你媽媽買魚吧，吃魚的小孩聰明，會讀書。」

「妹妹」，在台灣發音為「美眉」，就好像「叔叔」是「鼠叔」，老伯伯是「老杯杯」。音調扭一扭，把老人孩子包進一種親暱寵愛的感覺，就好像用絨毯把一個嬰兒密密實實地包起來一樣。

理直氣壯地當美眉，被父母寵愛，被鄰居喜歡，被不認識的大人讚美：「你看這個美眉，多乖啊，講台語講得那麼輪轉。」

習慣了走到哪兒都被稱為「美眉」，有一天，有人在後面叫「小姐」，我沒有回頭，然後他不得不用暴喝的聲音叫，「小姐，你的錢包掉了。」

小姐？誰是小姐？

然後又有一天，大街上碰到什麼人，帶著一個五六歲的孩子，她說，「來，叫阿姨。」

我像觸了電。誰，誰是阿姨？

不知道發生了什麼事情，沒有任何警告或者預暖，接下來就更蹊蹺了。站在水果攤前面，賣水果的男人找錢給我，然後對著我的背影說，「老闆娘，再來喔。」

老闆娘，誰是老闆娘？

在北京熙來攘往的街頭，聽見有人說，「那個穿球鞋、手裡拿著書的大媽……」時，我就定如泰山，冷若冰霜了。

可是事情還沒完。

不知道什麼時候開始，好像同時，這個社會一覺醒來，發現叫「老闆娘」或「大媽」不如叫「大姐」或「姐姐」來得有效，突然之間，不管走到哪裡，那賣鞋子的、賣衣服的、賣保養品的，那賣花的、賣菜的、賣豬肉的，好像昨晚都上了同一個培訓班，天一亮，全城改口叫「姐姐。」

我愣了一會兒。姐姐，誰是姐姐？

叫「姐姐」比前面的都來得陰險。改名裡頭藏著原有的俯視、蔑視，卻又以假造的親暱來加以隱藏。看著一個臉龐亮著膠原蛋白發光的小姐衝著我叫「姐姐、姐姐，這個最適合你了」，我莫名其妙聯想到魯迅的〈狂人〉：

今天全沒月光，我知道不妙。早上小心出門，趙貴翁的眼色便怪，似乎怕我，似乎想害我。

還有七八個人，交頭接耳的議論我，又怕我看見。一路上的人，都是如此。其中最兇的一個人，張著嘴，對我笑了一笑；我便從頭直冷到腳跟。

我在想，我是不是生了什麼病，自己沒感覺，可是，是不是我的外型變了，使得人們對我有奇怪的反應？

人瑞

後來，一個四十年沒見面的大學同學來看我；四十年沒見，她坐下來就開始談養生和各種疾病的防護，從白內障、糖尿病、乳癌、胰臟癌、老人癡呆，一路說到換膝蓋、換髖骨之後的復健，談了一個小時。這時，有人帶來了她的小孫子。同學把孫子抱過來，放在膝上對著我，教孫子說，「叫，叫奶奶。」那頭很小、長得像松鼠的孩子就奶聲奶氣地叫了一聲「奶奶。」

這一叫，我就看穿了前面的腳本了。從「妹妹」篇到「姐姐」篇，從「阿姨」篇到「奶奶」篇，接下去幾個人生章節，會是「太婆」篇、「人瑞」篇了。

推著輪椅帶美君出去散步的時候，到了人多的地方，婆婆媽媽們會好奇觀賞，有人會問，「她幾歲？」

有點火大，懶得囉嗦，我乾脆說，「今天滿一百零三歲。」

眾人果然發出驚呼，對人瑞讚嘆不已。大膽一點的，會把臉湊近美君的臉，用考古學家看馬王堆出土女屍的眼光審視美君臉上的汗毛和眼皮，然後說，「嗯，皮膚不錯，還真的有彈性。」

每一個回合，都在提醒我：翻到下一章，就是我自己坐在那輪椅裡，人們圍觀我臉上的汗毛了。

空椅子

太婆、人瑞的佈局，其實一直在那裡等著我，只是當我在發奮圖強準備聯考的時候，當我起起伏伏為愛情黯然神傷的時候，當我意氣飛揚、闖蕩江湖的時候，從來不曾想到，在那最後一幕，台上擺著一張空椅子，風聲蕭瑟，一地落葉，月光涼透。

謝謝美君，她讓我看到了空椅子。

因為看到了，突然之間，就有一雙清澈的眼睛，從高處俯視著燈光全亮的舞台上走前走後的一切，也看得見後台幽暗神秘的深處。

此刻的我，若是在山路上遇見十七歲第一次被人家喊「小姐」而嚇一跳的自己，我會跟她說，小姐，我不是巫婆，但是我認識你的過去，知道你的未來。那邊有塊大石頭，我們坐一下下。我跟你說。

你以後會到歐洲居住，你會癡迷愛上一種阿爾卑斯山的花，叫做荷蘭番紅花。番紅花藏在雪地下面過冬，但是，冬雪初溶，它就迫不及待衝出地面。番紅花通常是紫色，或濃豔，或清淡。最特別的是它的香氣，香得有如釀製的香水，那濃郁幸福使得冬眠中的蜜蜂一個一個忍不住醒來，振開翅膀就尋尋覓覓，循香而飛。

你會看見，在歐洲，三月番紅花開，四月輪到淡紫的風信子、金色的蒲公英、繽紛多色的鬱金香，五月是大紅的罌粟花和雪白的瑪格麗特。你會發現，原來，春天是以花來宣布開幕的。但是花期多麼短暫，盛開之後凋謝，凋謝之後腐朽，而蜜蜂，在完成任務以後，也會死亡。很快，下一年的雪，又開始從你頭上飄下。在寒冷的北方，你特別能親眼看見、聽見、聞到、摸到生命的脈搏跳動。

潤

你還沒有讀過聖經，但是你很快會把聖經當小說和詩來讀。你會在一九七一年的四月十三日下午四點，在成功大學的靄靄榕樹下，讀到「傳道書第三章」而若有所思地停下來：

凡事都有定期，天下萬務都有定時。
生有時，死有時；栽種有時，拔出所栽種的也有時；
殺戮有時，醫治有時；拆毀有時，建造有時；

哭有時，笑有時；哀慟有時，跳舞有時；
拋擲石頭有時，堆聚石頭有時；懷抱有時，不懷抱有時；
尋找有時，失落有時；保守有時，捨棄有時；
撕裂有時，縫補有時；靜默有時，言語有時；
喜愛有時，恨惡有時；爭戰有時，和好有時。

「有時」的意思並不是說，什麼都是命定的，無心無思地隨波就好，而是，你要意識到：「天下萬務」都是同時存在的。你的出生，和你父母的邁向死亡，是同時存在的；你的青春，和你自己的衰老、凋零，是同時存在的；你的衰老、凋零，和你未來的孩子的如花般狂野盛放，是同時存在的。你的現在，你的過去，和你的未來，是同時存在的。

如同一條河，上游出山的水和下游入海的水，是同時存在的。

因此，如果你能夠看見一條河，而不是只看見一瓢水，那麼你就知道，你的上游與下游，你的河床與沼澤，你的流水與水上吹過的風，你的漩渦與水底出沒的魚，你的河灘上的鵝卵石與對面峭壁上的枯樹，你的漂蕩不停的水草與岸邊垂下的柳枝，都是你。

因為都是你，所以你就會自然地明白，要怎麼對待此生。上一代、下一代，和你自己，就是那相生相滅的流動的河水、水上的月光、月光裡的風。

那麼，何必遲疑呢？每一寸時光，都讓它潤物無聲吧。

給美君的信16

淡香紫羅蘭

那個抽屜，打開真難。
以六十年沉甸甸的光陰打造的一把鎖，
你用什麼鑰匙去開？

你們結婚幾乎五十年，我想問，爸爸有沒有跟你說過「我愛你」？五十年中有沒有說過一次「我愛你」？

相信沒有。你們這一代，以及之前一代又一代，不依靠語言來表達愛。

媽媽

最近跟兩年不見的郝伯村先生吃午飯。他即將滿一百歲，但是每天去游泳，神清氣爽的。看人的眼神透著一種鋒利——當鋒利裡頭釀著一百歲的江湖智慧時，你可以想像那鋒利不是短打鋼刀，而是切牆割壁的水刀了，誰也別想唬他。他還會跟你「腦筋急轉彎」，帶著狡獪的笑容，突然抓住你上一句話的毛病，戳你一下。倒是他曾經擔任台北市長的中年兒子在身旁，自覺有責任照顧老爸，顯得那麼老成持重。

郝先生為我描述他的成長經歷。少小離家，好幾年見不到父母，在烽火連天中，跋山涉水、九死一生趕到了家門口。

「誰來開門的？」我問。

「媽媽。」

「媽媽說什麼？」

我想的是：媽媽會哭倒在地嗎？媽媽會說「我的兒啊」泣不成聲嗎？媽媽會激動地昏死過去嗎？

「沒說什麼，」他說，「就是開了門讓我進去。」

我還記得另外一個媽媽。一個台灣鄉下的少年，二戰時被日本人送到印尼的叢林裡當俘虜營監視員，戰後被國際法庭以戰犯罪先被判死刑，後來改判十年徒刑。在三年的叢林戰場、十年的異鄉牢獄之後，從東京一路顛簸，到了家鄉小鎮的火車站。

「有人來接你嗎？」

九十多歲的他，搖搖頭。

他從火車站獨自一人憑記憶找到老家。在祖宅曬穀場上看到頭髮已經白了的瘦小的母親。

「媽媽說什麼？」

「伊指著三合院的一側，」老人回答：「說，你去住那個房間。」

「那……你呢？」

「我……我就去了那個房間。」

手絹

水滿了，一定從瓶口微凹處溢出來，愛滿了，卻往往埋在一個被時光牢牢鎖住的黑盒子裡，雖然仔細看，盒子裡可能藏著一支淡香紫羅蘭。

我記得一個抽屜，屬於一個九十歲的男人。他事業成功，所以擁有大樓和名聲；他讓人尊敬，所以人們讚美他的人格風采。他有一只抽屜，沒有人會去打開。

可是有一次，他在我面前，緩緩拉開這只抽屜。裡頭是一條陳舊的蠶絲手絹，一張歲月黃掉的紙，上面幾行詩，墨跡斑斕。

這九十歲的年輕男子安靜地說著那個曾經真實、有體溫、有汗水的世界——滿樹梨花開時那海誓山盟的承諾，不知人間辛酸的陽光下那天真又放肆的笑聲，蕭瑟街頭擁抱在一支雨傘下的甜蜜行走……贈他手絹的少女，也九十歲了，在遠方過世。是因為他剛剛接到消息，使得他打開了抽屜。

他曾經說「我愛你」嗎？

那個抽屜，打開真難。以六十年沉甸甸的光陰打造的一把鎖，你用什麼鑰匙去開？

時辰

二〇一六年，我很喜歡的加拿大歌手詩人李歐納・柯恩（Leonard Norman Cohen）過世，時間是十一月七日，八十二歲。我很驚奇。驚奇的原因你一定猜不到。

我驚奇的是，怎麼，難道他有預知異能？

死前一個月他才出新專輯，名叫「你想要更暗」。專輯的每一首歌，蒼涼的聲音唱的都是對生命的各種姿態的揮手告別，有的深刻，有的俏皮。「你想要更暗」彷彿是一個黑暗而溫柔的死亡預告。

但這還不是我驚奇的原因。我驚奇的是，他的青年戀人瑪麗安，小他一歲，三個月前才走。兩個人六〇年代在希臘認識、相愛，共處的七年中，李歐納為她寫的情歌一首一首成為經典，傳頌最廣的歌就叫做「再會吧瑪麗安」。

分手多年，男另婚女他嫁，咫尺天涯。二〇一六年，有人把瑪麗安已經血癌病危的事，告訴了李歐納，李歐納立刻傳去一個短信：

瑪麗安，我們終於走到了這個時辰——老，使我們的身體逐漸破碎，我很快就要跟到你了。我要你知道我離你那麼近，近到你一伸手就可以摸到我。

我也要你知道我一直愛著你，愛你的美麗，愛你的聰慧，但是不必說吧，因為你其實很明白。

此時此刻，我只想跟你說：一路好走。

再會吧老友。我無盡的愛啊，一會兒路上見。

在瑪麗安彌留的床榻，朋友把李歐納的短信唸給瑪麗安聽。事後告訴李歐納：「在唸到『你一伸手就可以摸到我』的時候，瑪麗安伸了下手。兩天後，過世。」

瑪麗安是七月二十八日過去的，跟她說「我很快就要跟到你了」的李歐納，十月二十日發表「你想要更暗」，十一月七日，在家裡摔了一跤，就跟著去了。

美君，你對跟你牽手五十年的丈夫說過「我愛你」嗎？如果都沒有，你們是用什麼暗號讓對方知道你「無盡的愛」呢？

岔路

女性解放來了之後，天真無邪就走了。

現在的人善於懷疑，多半會想到，如果那個九十歲的年輕男子和那手絹溫婉、詩墨存香的女子後來真的結了婚，他們要不早分手了，要不就咬牙切齒地白頭到老、相守至死，但怨恨一生。

而在彌留時說來世要牽手、讓我神往了好幾天的李歐納和瑪麗安，在現實裡，相處了七年之後其實就無法再忍受彼此，匆匆逃離了愛的天羅地網。

所以，什麼是愛呢？我看看身邊的好朋友們，那穿著西裝當官的、整天蓬頭亂髮埋頭寫稿的、站在台上講課的、每天盯著股市指數或收視率的、每週認真細讀《天下雜誌》兼做筆記的、頭髮越來越少而肚子越來越大的、現實感越來越厚理想性越來越薄而午夜夢迴又鬱鬱不甘心的……像黃牛推磨或松鼠跑籠一樣，他們忙於事業和生活，但是在心裡很深很隱密的地方，是否也有一只抽屜，藏著淡香紫羅蘭？

在讀瓊瑤的時代裡，不到十八歲的女生聚在一起，總有一些經典命題，譬如：「應該嫁給你愛的人，還是嫁給愛你的人？」這個命題，小女生們其實已經假設，「嫁給你愛的人」，就是選擇愛情，「嫁給愛你的人」，就是選擇生活。前者美麗浪漫但危險，後者安全穩定但，天哪，你會因無聊而死於非命。兩條分岔路，沒有交集。

有一次，你剛好抱著一大落的尼龍漁網走進來，聽見我們嘰嘰喳喳辯論，你說，「孩子們，什麼愛情？跟你們講，人跟人只有利益交換，男女之間說穿了也是，哪有什麼愛情。」

十六歲的我們怎能聽這樣的話，大家義憤填膺，紛紛反對，最火大的當然是我——我我我，竟然有這麼一個俗氣、市儈、沒靈性、沒理想的母親，丟死人了。但是你說話時的語氣很特殊，留在我腦裡。那是一個完全沒有怨嘆、沒有負面情緒，純粹冷靜陳述事實的一種語氣。好像在說，「孩子們，地球哪裡是方的？跟你們講，是圓的。」

可是，美君，你二十歲那年，戰爭結束了，當那個二十八歲的憲兵連長騎著白馬、穿著馬靴出現在你面前的時候，你沒臉紅、沒暈眩嗎？

重鎖

當然有的。只是，後來的人生，你們這代人就像蟲蟻一樣在巨輪的碾壓下一日一日喘息地過了。愛的自由流動，愛的滿溢流露，是不是也就變成石縫裡的小草，不容易掙扎出來？你是不是要告訴我，石縫裡鑽出來的一根小草所含有的對陽光的熱切，遠遠超過一束花園裡剪下來的紅玫瑰？

我記得每天早上你和父親醒來以後在床上的絮絮低語，談的都是生活的雞毛蒜皮。我記得他帶著你環島遊玩時一張一張相視而笑的照片。我記得你們吵架時的哭泣、和好時的委屈。我記得他臥病時你焦灼的神情不眠的夜。我記得他的告別式上你悽楚無助的眼睛、幾乎無法站立的瘦弱。我記得你為他燒紙錢時紙片像黑蝴蝶般飄上天空你茫然空洞的張望。

沒有「我愛你」，但這不是無盡的愛，是什麼呢？

然後你什麼都不記得了。

你不知道我是誰，你不記得他曾在。你墜入沉默的萬丈深淵，在虛無中孤獨遊蕩。我矛盾得很，美君。我有時候高興你什麼都不記得了，那麼記憶的痛苦也就不碾壓你了；但有時候，看見你的眼睛突然露出深沉的哀傷，我又心驚，會不會，沒有記憶碾壓只是表面假象，在你空洞眼神的背面，在你心很深很暗的地方，其實有一只抽屜，雖然讓時光上了重鎖，裡頭仍舊藏著淡淡的紫羅蘭香？如果是這樣，那淡淡的香，就太苦了，令人心碎。

緊握她的手吧，
那親手掬水的記憶，
不會忘。

1952

餵雞

美君餵雞。她「咯了了咯了了」呼喚雞的叫法都和本地人不同，帶著浙江鄉音。大大小小的來亨雞開心地擺動翅膀從籬笆各方興奮地飛奔過來。

美君不去辦公室那邊了，雖然她經常走到那邊去讀中央日報。肚子太大，生產在即，餵雞的時候，只能站著，向女神灑聖水一樣，把飼料用力灑出去。

她若是真的走一段路去看報紙的話，那幾天的消息，也都還是戰爭、流亡、槍斃。只不過，現在，一九五二年，她二十七歲，覺得自己已經歷盡滄桑，什麼都看過了。結論就是：人生是不必規劃的，因為生命根本不在你自己手裡。如果手裡有釘子，就蹲下來釘好這排竹籬笆。如果孩子在身邊，就緊緊地抱住他。如果櫥子裡有米，就好好煮這一鍋飯。

這時已經有屋頂可以遮雨，但是戰爭發生在看不見的遠方，槍斃發生在聽得見的近處，至於流亡，不必說，她只要一閉眼，就歷歷在目那泥濘凶險的深溝，那荒野中哭泣的小孩，那倉皇失措一路喊叫某個名字的母親，那兩眼空洞瞪著天空的屍體，那無邊無際深不見底的恐懼，那沒有明天其實今天也不算數的放逐⋯⋯

如果你已懷孕，就好好護住這即將出生的孩子。

何濟公

1952

大寮鄉

一九八六年抱著半歲大的安德烈到高雄縣大寮鄉去找美君在一九五二年生女兒的房子。

三代四個人，半部二十世紀世界史。今天的安德烈指著這張照片對他倫敦的朋友這麼說：

我的中國外公出生在第一次世界大戰結束後，凡爾賽合約簽訂的那一年，剛好與我的德國爺爺同年。日本侵略中國，外公小小年紀就去了憲兵學校。希勒特要為德意志民族「雪恥」，征服歐洲，所以我的德國爺爺也上了戰場。

我的外公外婆後來逃難到台灣，就在這一間黑瓦的日本房子裡生下我媽。喔，順便說，把媽媽的父母稱呼為「外」公「外」婆，我媽非常有意見，說是嚴重歧視女性，所以我和我弟從小都叫他們爺爺奶奶。我們的詞彙裡沒有「外」這個字。

爺爺奶奶和他們大陸的家族就被台灣海峽給切斷了。我看過我爺爺哭，談到他留在大陸的媽媽時，痛哭。

我德國的爺爺整個家族在東德。一九六一年八月十三號，一覺醒來柏林市中心突然出現一堵牆，他的家鄉就變成敵國了。所以當我中國的爺爺奶奶和我德國的爺爺奶奶聊天的時候，很奇怪，他們好像完全不需要翻譯。

為什麼是日本房子呢？那是因為日本人在台灣殖民五十年，留下了很多建築。榻榻米很好玩。小時候我媽每年帶我們回台灣，躺在榻榻米上，一頂蚊帳放下來，美君奶奶跟我們一起躺著，在蚊帳裡頭講鬼故事……她的鄉音很重，可是，你知道嗎？講鬼故事，什麼音你都會嚇死……

1933

樂府

槐生離開家鄉那年才十五歲。農村的孩子總是吃不飽，身材瘦弱，挑水的時候赤腳走在田埂上，沉重的扁擔在他肩頭，把他肩頭壓出一道肉溝來。他的母親從茅屋裡遠遠看著兒子，擔心他掉到田裡去，就扯著喉嚨叫：兒子小心啊，小心啊。

當兵就像一片葉子捲進秋風裡，天地茫茫。槐生七十年後回到他田埂盡處的老家時，已經是一罈骨灰。

在他的遺物裡，我發現一本書。一本陳舊泛黃的書，紙張被體溫和手心的汗水給摸透了、蒸熟了的一本舊書。叫《血淚神州行》，蒐集了歷代的戰爭離亂詩。

有一頁夾著粉紅色小標籤，翻開來，是漢樂府：

十五從軍征，八十始得歸。
道逢鄉里人，家中有阿誰？
遙望是君家，松柏冢纍纍。
兔從狗竇入，雉從梁上飛。
中庭生旅穀，井上生旅葵。
烹穀持作飯，采葵持作羹。
羹飯一時熟，不知貽阿誰？
出門東向望，淚落沾我衣。

美君說槐生連長愛哭；我想像他在這一頁上恐怕是每讀必哭。

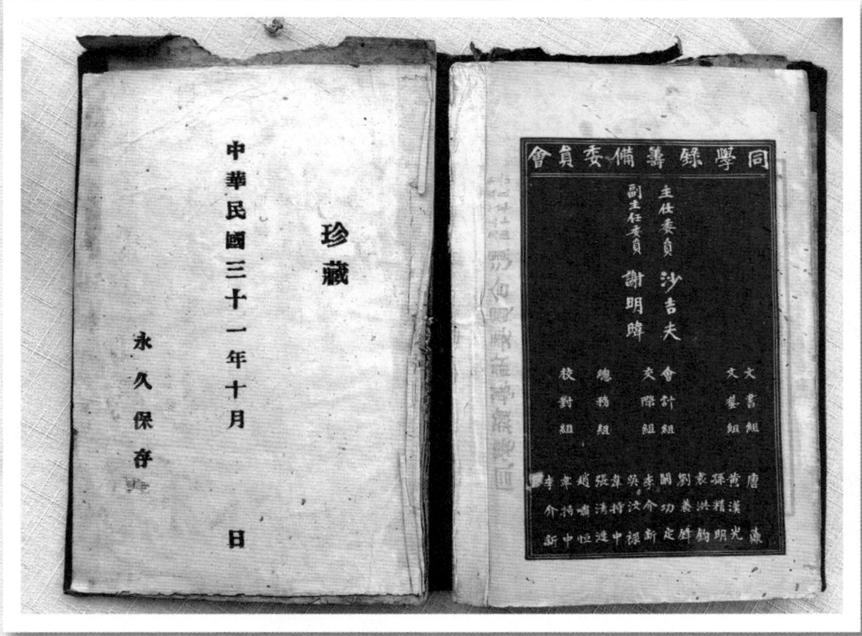
珍藏
中華民國三十一年十月　日
永久保存
同學錄籌備委員會
主任委員　沙吉夫
副主任委員　謝明暐
文書組
文藝組
會計組
交際組
總務組
校對組

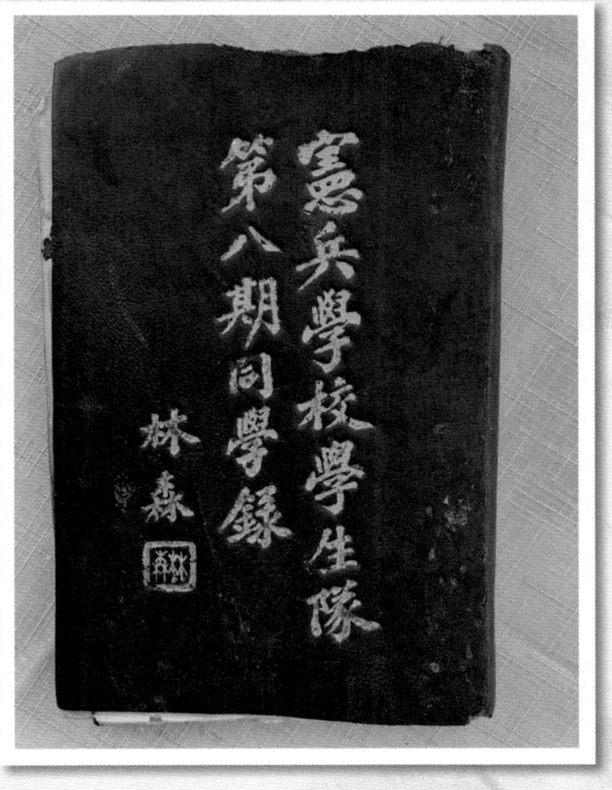
憲兵學校學生隊
第八期同學錄
林森

1951

雨篷

一九五一年，台灣的政府財政收入是一六・八三億元，其中百分之九十用在軍費。平均每人國民所得是一百三十七美元。換成每天要過的日子，這是什麼意思呢？

一個家庭通常有三四五六七八個小孩。過日子的方法是，男人需要同時兼幾份工作，女人在家必須是發明家，她得懂得無中生有。找到一塊地，就用竹籬笆圍起來，蹲下來養雞，雞蛋可以保障孩子們的基本營養。有左右鄰居，就標一個會，算是地下儲蓄，急難救助。附近有工廠，就去批一堆貨駝回來——也許是耶誕裝飾燈泡，也許是軍服鈕扣，也許是遠洋漁船的漁網，也許是火柴盒需要貼上黏膠，也許是洋娃娃需要縫上黑色的眼睛。

偶爾幾次，辛苦的大人決定奢華一下，把一家大小全部塞進一輛三輪車去看電影。下雨的話，篷前還有一張厚厚遮雨塑膠布，放下來，一家人就在風雨呼嘯中融融然簇擁在溫暖的繭內。

那戴斗笠的男人或女人，通常很瘦。他用全身的力氣站在踏板上，佝僂往前，一腳一腳往下蹬。此刻他在風雨中奮力做工，家裡也有三四五六七八個孩子正在等著他帶錢回家買菜。

1950

獨立

小時候，有一種說法，到現在都還盛行：女孩子不要嫁台灣本省人或客家人，因為「外省男人疼老婆」，比較尊重女人。

怎麼可能呢？所謂「外省」，來自大江南北，甚麼省份的人都有，他們原鄉的風俗習慣，不會比台灣更開放。我慢慢琢磨出自己的觀察。台灣的外省女人之所以顯得特別獨立，與她們的男性伴侶平起平坐，不是因為「外省」，而是因為「流離」。

流離，把他們從原鄉的社會網絡和宗族制約連根拔起。面對生存的艱難，女人必須強悍自主，她不但要拉拔孩子長大，還要拉拔身邊那個掙扎的男人在現實中求存。風雨飄搖時，離鄉背井的男女夫妻沒有土地的依靠，沒有宗族的支持，只能相依為命，相互倚賴。他們的相對平等，來自於同舟共濟的不得不。把外省人丟回原鄉，所有傳統制約的天羅地網都在，他們恐怕要原形畢露。

女人的處境，美君是很有自覺的。她下了船，很快就發現，台灣有二十萬個養女，那是任人凌虐的女兒們，公婆奴役她，丈夫吆喝她，兒女輕視她，最後她帶著殘破的身心終老。男人在客廳在辦公室做愚蠢的決定，女人在廚房在臥房隱忍不言，孩子的可愛和無辜像綁架一樣使女人甘心。

美君無比堅定地對丈夫說：讓女兒走自己的路。

我們這一代女性的獨立自主，從來就不是自己一代的成就。美君那一代沉默的、柔弱的女人——屏東市場蹲著賣茼蒿菜的、台北橋下捧著玉蘭花兜售的、香港茶樓裡推車叫賣點心的、北京胡同裡揉著麵做大餅的，每一個忍讓的、委屈的女人，心裡都藏著一個不說出的夢：讓女兒走自己的路。

3

2017

男朋友女朋友

台灣凌晨三點，是維也納晚上八點。發一條訊息給飛力普：睡不著。你的論文進度如何？

不一會兒視訊來了，隔著萬重山水但同在地球上的母子黑夜中對話：

飛：還有兩三頁結論就寫完了。你的書怎樣？

媽：在趕最後的修訂，思如潮水，睡不著，想起安德烈七歲時，在街上踢球踢進了鄰居的花園。我要他自己去按門鈴取球，他死都不肯。這個七歲的害羞的孩子，現在是一個三十二歲的倫敦併購顧問。我在想，天哪，人生不是一場夢嗎？再一個恍惚，我就是那個坐在輪椅裡的美君，你和哥哥變成六十歲的我……這樣想下去，覺得全身發涼，就再也睡不著了。

飛：人生如夢，你也不是今天才知道吧。還是要把每天都過好啊……

媽：明白的。所以我緊接著就在想怎麼把運動習慣重建起來。

飛：其實蠻希望你有個男朋友的，可是我知道你很難，你需要的個人空間那麼大那麼大。我想，孤獨是作家的宿命，不孤獨不會變作家。我很早就從你身上認識到一個真理：我絕對不要做作家。

2021

空籃子

這世界上有一個女人，不知道為什麼，曾經為我做了這些事：

頭十年，每天省下自己的每一毛錢，為我無窮無盡地提供吃的喝的用的。

後十年，什麼粗工都願意做，為我籌學費。她的手上生了繭，因為日夜編織魚網。她無論如何要讓我受高等教育。

我終於受足了教育，而且教育越高，我走得越遠。她歡歡喜喜，目送我遠行的背影。

這個關係很怪異；她究竟欠我什麼呢？

然後她就老了。眼皮垂下來，蓋住了半只眼睛；語言堵住了，有疼痛說不出來；肌肉萎縮了，坐下就無法站起。曾經充滿彈性的肌膚，像枯死的絲瓜垂墜下來；曾經活潑明亮的眼神，像死魚的灰白眼珠。她不曾享受過人生，因為她的人生只有為別人付出。

鄰人送來一籃黃瓜，我們都還堅持要以蘿蔔裝籃回報。這些送給我們「人生」的女人，我們拿什麼裝進籃子呢？

給美君的信17

走路、洗碗、剝橘子

每一滴水滴落在手指之間，
每一絲橘皮的香氣剎那間濺出，
每一次腳跟踩到泥土上感覺到土地濕潤和柔軟，
你都要全方位地去感知、觀照。

如果我早一點開竅，早一點認知：所有的女兒都可以把母親當做自己的女朋友看待，我會跟你說很多事情。譬如說，我會設法告訴你，你的女兒長大了之後，變成了什麼樣的人。她怎麼看世界，怎麼想事情，怎麼過日子。你用生命投資在她身上，她活得還可以嗎？

如果可以重來一遍，我會少一點傲慢，少一點吝嗇；如果可以重來一遍，我會認真地用我的語言跟你分享深處的事。

32,850格

你的女兒。她喜歡走路，健步如飛地快走。快走時腳下行雲流水，城市的建築、移動中的人車，彷彿時光隧道裡快速倒帶的浮光掠影。風吹得髮絲不斷飛進眼睛，車流轟隆作響，地面震動，有時候捷運列車剛好從頭上呼嘯而過，像宮崎駿的貓巴士在天空虎虎趕路。往往在這動盪、紛亂的節奏中她反而常常會想，生命的本質是什麼。

「本質」是什麼意思？她邊走路，邊跟自己說話：

如果凝視一株大樹，本質是它不動不移的樹幹，還是它若即若離的花朵？

如果傾聽一條河流，本質是那永遠準備接納的河床之空，還是那填滿了河床卻永遠選擇離開的河水？

如果你手裡有一把尺，要去丈量本質，那麼你是去丈量時間裡頭的無，還是時間裡頭的有？

這些抽象問題，哈，當然是解決不了的。本質看不見、抓不著，所以人們拚命把生命具象化，譬如，怎麼樣讓「時間」變成可以理解、可以看見的東西呢？

網上還真的有一種日曆在賣。它是一大張，畫滿了小格，一行是三百六十五個格子，總共九十行。換句話說，假定人活到九十歲，那麼這一張 32,850 格子的大紙，就是一輩子。掛在牆上，過一天，劃一格，格子劃完，這一生就走完了。

你的女兒在這個繁華的城市裡穿街走巷，看見競選者的宣傳車隊喊著口號迤邐而來，看見救火車拉著驚恐的警報呼嘯而去，看見跛腳的女人坐在路邊用細細的鐵絲勾串白色的玉蘭花，看見跟大廈齊高的巨幅廣告在賣英國人設計的豪宅……這些，是不是本質呢？

有一個美國作家叫梭羅，曾經追問一樣的問題，而後做了決定，他搬到無人的森林裡去獨居。他說：

我走進森林，因為我要用心地活，我要與生命的本質面對面。我要知道我是否可以從生命學到什麼，而不是在我死的時候，發現自己根本沒活過。我不想過不是生命的日子，因為生命太珍貴了；除非萬不得已，我也不願意隨便「算了吧」。我要深刻地去活，吸盡生命的骨髓；我要過結結實實、斯巴達式的生活，排除所有非本質的事情，我要徹底地剪除蕪雜，把生命逼到死角，削到見骨。

你可能認為，女兒思考所謂本質的問題，實在很無聊。她會同意。昨天走過市場，已是人潮散去，準備收市的時候。她看見賣剩的大白菜，重新裝回竹簍，一地都是剝落的菜葉。小時候常跟你去市場，總會看見老婆婆們佝僂著腰，在地上撿拾這些剩下來的菜葉。對那蹲在地上賣菜的人，對那彎腰撿剩菜的人，生命的「本質」，大概就在她瘦疼痛楚的關節裡，在她屋漏夜雨的滴聲中。

但是，既然你已經給了她一個禮物，就是讓她脫離了彎腰撿菜的生活，那麼她就自然會去思索「本質」的事啦。

恩寵

你的女兒還欣賞一個叫奧立佛‧薩克斯（Oliver Sacks）的神經科醫師，雖是醫師，他卻被紐約時報稱為「醫學的桂冠詩人」。他可以從人腦的病理中看見哲學意義上的人的處境，又可以用文學的魔力把他看見的寫成故事。

二〇一五年，八十二歲的薩克斯得知自己只剩有幾個月的時間可活，他這樣說：

我覺得頓時視野清朗。不是本質的事就不再給任何時間了。我必須聚焦在我的自己、我的工作、我的朋友上。晚上不再看新聞，不再管什麼全球暖化的政治和辯論了。這不是冷漠，這是超脫。我仍舊非常關心中東問題、暖化問題、貧富不均的問題等等，但這些都不是我的事了。他們屬於未來。

在即將劃完最後一格的前夕，他做了總結：

我不能假裝不害怕，但我最真切的心情是感恩。

我愛過，也被愛；我收穫滿滿，也付出少許；我讀書、旅行、思考、寫作，跟這個世界來往，一種作者和讀者之間特殊的來往。最重要的是，在這個美麗的星球上，我是一個有感知能力的存在，一個懂得思想的動物，單單這一點，已經是無上的恩寵和探險。

薩克斯寫完這篇告別短文沒多久就過世了。

你的女兒對生命有相似的感覺。因為你的慷慨贈予，她總覺得，生命裡她所擁有的一切，都是一種「恩寵和探險」。

湖濱

有一次，她問一個好朋友，他是國際知名的科學家：「你覺得你有和生命面對面嗎？」科學家幾乎沒碰過任何人跟他提出這麼「文青」的問題，他說，「我沒時間想這個問題；我只知道一件事：我會死在我的實驗室裡。」

尋找一個材料，探測一個物質，就是他準備填滿 32,850 格的唯一的事情。

「但是，」她說，「你難道不覺得，到最後，你自己、你的家人和朋友，你自己對生活的認識和感受，才是最重要的？」她就跟他說了梭羅到森林湖濱去尋找生命本質的故事。

他靜靜聽完，然後說，「沒問題啊，我的實驗室就是我的湖濱。」

「不是吧？」她不放鬆，挑釁地說，「梭羅到湖濱是帶著高度自覺去的，而你進實驗室，只是一頭栽進去，被一個念頭——譬如得諾貝爾獎，被一件事——譬如發現新物質，所佔滿，忙到沒有時間去想任何其他事情。你的生命裡根本沒有湖濱啊。」

「小姐，」科學家把旋轉椅轉過來，正面看著你那固執的女兒，說，「你讀過一行禪師嗎？」讀過的。一行談的正是「自覺」的必要。

洗碗的時候，知道自己在洗。碗。

剝橘子的時候，知道自己在剝。橘子。

走路的時候，知道自己在走。路。

每一滴水在手指之間滴落，每一絲橘皮的香氣剎那間濺出，每一次腳跟踩到泥土上感覺到土地濕潤和柔軟，你都要全方位地去感知、觀照。

「如果我說，這種全方位的感知、觀照，我在我的科學實驗裡都感受到了，」他眼裡含著笑意，慢慢的說，「那麼你覺得我是不是和生命面對面了呢？」

行不行？

那天，她回到家，打開自己的日曆本，開始想：嗯，我自己攤開的 32,850 個格子，五分之三都劃掉了，剩下不多，應該要倒數了；可是，什麼是「本質」的事？

如果根本不去問這個問題，只是做，行不行？只是剝橘子、洗碗、走路，只是看著自己走路、洗碗、剝橘子，行不行？如果三萬兩千個格子裡都是剝橘子、洗碗、走路，剝橘子、洗碗、走路——美君，你說行不行？

給美君的信18

大遠行

所有最疼痛、最脆弱、最纖細敏感、
最貼近內心、最柔軟的事情，
我們都是避著眾人的眼光做的……

前幾天特別去了一趟銀行。我對打著領帶的禿頭經理單刀直入，「有什麼手續我現在辦理，可以讓兒子們不需要我就能夠直接處置我的帳戶財務？」

他露出疑惑的表情。

我耐心說明，「就是，如果我明天暴斃了，他們如何可以不囉嗦，直接處理我的銀行帳務。」

不方便

經理緊張地用手指頭敲他的桌子，連續敲了好幾下。這是美國人的迷信手勢，誰說了不吉利的話，敲一下木頭桌子，「老天保佑」，就可以避開厄運。

緊接著他把食指豎直在嘴唇，說，「不要這麼說，不要這麼說。」我這才看到，經理嘴唇上留著一道小鬍子，像一條黑色毛毛蟲趴在那裡睡覺。

接下來的將近半小時的討論中，他敲桌子敲了好幾次。這個談話很明顯地讓他渾身不適應。每次我說到「我死後」，他就糾正我，「當你不方便時」。

結論就是，兒子已經被加入了我的帳號共同擁有人名單內，所以當我「不方便」時，他們只要知道密碼，就可以直接處置。

站起來要說再見時，他露出欲言又止的神情。我覺得蹊蹺，問他，「還有問題？」

動作快

他猶豫了半天，終於下了決心，說，「我不該說的，但是……是這樣，因為你是名人，我們一看到報紙說你不方便了，就會立刻凍結帳戶。」

他停住，只是看著我。

我腦子轉了幾轉，說，「你的意思是，我的兒子動作要快？在報紙披露我的死訊之前就？」

他尷尬得快暈倒，支支吾吾嘿嘿嘿了幾下。

回到家裡，興沖沖跟安德烈和飛力普視訊，詳細地把過程說了，然後諄諄告誡：「銀行若是凍結了帳戶，你們可就麻煩了，所以你們動作要快。」

飛力普說，「哎呦，談這種事，我不要聽。」

安德烈用福爾摩斯的冷靜聲調邊想邊說，「媽，我有沒有聽錯，你的意思是，要我們在你死掉的消息傳出去之前，趕快去把你銀行帳戶裡的存款取走？」

我高興地說，「你好聰明。對啊，存款雖然不多，手續麻煩很大。我的意思就是，不要等到報紙都說我死了，你們在之前就去取款，留百分之十繳遺產稅。如果等到銀行凍結了帳戶，你們就還要飛到亞洲來處理，你們中文又爛，到時候沒完沒了。」

安德烈繼續抽絲剝繭，「所以，你一斷氣，我們兩兄弟就直奔銀行？」

我已經聽出他的意思，驚悚畫面也出來了，嗯，確實有點荒謬，但是，實事求是嘛，我說，「是的。」

飛力普已經受不了了，插進來喊，「我才不要。」

安德烈慢條斯理地說，「這麼做，你覺得全世界會怎麼看我們兩個？」

我沒真的在聽，我繼續想像那個「不方便」的時刻，繼續說出我的思索，「其實，誰說一定要等到斷氣，早幾天未雨綢繆不是更好，看我不行就先去銀行吧……」

「媽，」安德烈大聲打斷我，說，「如果我們照你的指示去做，整個華人世界會認為你是『非自然死亡』而且我和飛力普有嫌疑，你想過嗎？」

臨終

美君，你和我們也曾經那麼多次的「昔日戲言身後事」。問你「要不要和爸爸葬在一起？」

你瞪一旁的爸爸，說，「才不要呢，我要和我媽葬一起，葬淳安去。」爸爸就得意地笑說，「去吧去吧，葬到千島湖底去餵烏龜。」

整個故鄉淳安城都沉到水底了，這原來已經是美君的大痛，爸爸再抓把鹽灑在傷口上，說，「這就叫死無葬身之地，美君一定還是跟著我的哩。」

這麼說著說著，時光自己有腳，倏忽不見。彷彿語音方落，爸爸已經真的葬在了故鄉湖南，墳邊的油桐樹開過了好幾次的花，花開時一片粉白，像滿山蝴蝶翩翩。墓碑上留了一行空位，等候著刻下他的美君的名字。

小時候，朋友聽到我們這樣笑談父母身後事，大多駭然。到現在，朋友們自己都垂垂老矣，這卻仍是禁忌。不久前和一個老友說話，他九十五歲的母親在加護病房裡，問他，「媽媽說過身後怎麼辦嗎？」

他苦笑著搖搖頭，「沒談過。沒問過。」

安靜了好一會兒，他又說，「母親唯一說過的是：不想死在醫院裡，想在家裡。」

美國做過調查：百分之八十的人希望在家裡臨終，但是百分之八十的人都在醫院裡往生。現代世界最「違反人權」的應該就是這件事吧？朋友悲傷的眼睛流下了止不住的淚水，七十歲的老男人泣不成聲，「她唯一的願望，我都做不到⋯⋯」

醫療照顧，不得不在醫院裡，但是臨終，為什麼不能在家裡呢？隱私，是人的尊嚴的核心，所有最疼痛、最脆弱、最纖細敏感、最貼近內心、最柔軟的事情，我們都是避著眾人的眼光做的：哭泣時，找一個安靜的角落；傷心時，把頭埋在臂彎裡；心碎時，蜷曲在關起來不透光的壁櫥裡；溫柔傾訴時，在自己的枕頭上，讓微風從窗簾悄悄進來。

請問，這世界上，還有比「臨終」更疼痛、更脆弱、更纖細、更柔軟、更需要安靜和隱私的事嗎？我們卻讓它發生在一個二十四小時不關燈的白色空間，裡頭有各種穿著制服的人走進來走出去，隨時有人可能掀起你的衣服、拉起你的手臂、用冷冷的手指觸摸你的身體；你聽不見清晨的鳥聲，感覺不到秋天溫柔的陽光，看不見熟悉的親人，也聞不到自己被褥和枕頭的香皂氣息，但是你聽得見日光燈在半夜裡滋滋的電流聲、心電圖的機器聲、隔鄰陌生人痛苦的喘息聲，你更躲不開醫院裡滲透入骨髓的消毒氣味，那氣味在你的枕頭裡，在你的衣服裡，在你的皮膚裡，在你的毛髮、你的呼吸裡。

我們讓自己最親愛的人，在一個最沒有隱私、沒有保護、沒有溫柔、沒有含蓄敬意的地方，做他人生中最脆弱、最敏感、最疼痛的一件事——他的臨終。

啓程準備

老淚縱橫的朋友幾天後就送走了他的母親，在醫院裡。然後全家人陷入準備後事的忙碌。因為從不曾談過，所以還要先召開家庭會議從頭討論一番。

我和朋友去登大武山之前，大家光談裝備就談了好久。拿著清單到登山店去買東西，老闆還和我討論每一件裝備的必要性和品牌比較。出發之前三個禮拜，每個人都得鍛鍊肌力。我呢，則是找了一堆關於大武山的林相和植物的書，一本一本閱讀。

第一次搭郵輪，邀請的朋友發來一個隨身攜帶物品清單，還包括簽證和保險的說明。搭過郵輪的親朋好友也紛紛貢獻經驗談。

第一次去非洲，給意見的也很多，去哪些國家需要帶什麼藥，哪些疫區要注意什麼事情，野生動物公園要怎麼走才看得多，治安惡劣的地區要怎麼避禍。

也就是說，遠行，不管是出國遊玩求學，不管是赴戰區疫區，不管是往太空海上探險，我們都會做事前的準備，身邊的人也都會熱切地討論。

還有些遠行和探險是抽象意義的，譬如首度結婚——那不是探險嗎？人生第一個工作——那不是遠行嗎？也都充滿了未知，也都有或輕或重的恐懼和不安，但是我們一定會敞開來談，盡量地做足準備。

那麼死亡，不就是人生最重大的遠行、最極端的探險？奇怪的是，人們卻噤聲不言了。不跟孩子談，不跟長輩談，不跟朋友談，不跟自己談。我們假裝沒這件事。

結果就是，那躺在日光燈照著的病床上面對臨終的人，即將大遠行、大探險，可是，我們沒有給他任何準備：沒有裝備清單，沒有心理指南，沒有教戰手冊，沒有目的地說明，沒有參考意見。沒有，什麼都沒有。

我們怕談。

他要遠行的地方，確實比較麻煩：非但凡是去過的都沒有人回來過，而且，每一個去過的人都是第一次去。

這個大遠行，沒有人可以給他經驗之談，然而這又是一個所有的人都遲早要做的行程，所以其實每一個人都是關切的。目的地無法描述，並不代表「啟程」的準備不能談。登山店裡的店員不見得登過大武山頂，但是店裡頭什麼裝備和資訊都有。

因為害怕，因為不談，我們就讓自己最親愛的人無比孤獨地踏上了大遠行蒼茫之路。

美君，我要跟安德烈打電話了——還沒交代完……

給美君的信19

昨天抵達蘇黎世

鱒魚和你一樣，
總是想回到它出生的那條江。

你窗邊的水仙，吐出青青的長條細葉，綽約可愛。上週在市場挑選，那些球根包在去歲的膜裡，還沾著一層黏土，髒髒黑黑的一團，沒想到幾天的清水供養，球根潤白如嬰兒的肉拳頭，襯著國畫似的瘦葉，一片蔥蘢。過幾天春節花開，黃蕊香襲，迷迷人間。

小時候的家，是沒有花的。買米的錢都不夠，誰買花呢？本地人會固定地初一十五買花供給祖先和神明，我們流浪的人家中沒有神明桌，年歲艱辛，唯一看到美君買花，就是春節的水仙，放在桌上。我的頭，剛好跟桌面等高，每天去看那圓型白色瓷盆裡的神奇變化：重苞的球根如何逐漸裂開一條縫，縫裡如何探出一丁點綠色的心，丁心成葉，葉中吐花，花的馥郁濃香，重重繚繞，繚繞在早晨的鞭炮聲中，繚繞在穿堂走巷的恭喜聲中，繚繞在餐桌上觥籌交錯的呼喚聲中，也繚繞在夜間塵埃落定、你輕手輕腳為孩子們蓋上被子的嘆息聲中。

後來在德國看到了歐洲水仙，先是驚豔——怎麼花朵比中國水仙大了兩倍；後是啞然——那是完全沒有香氣的花朵，就放心了：中國水仙，與土地的四季共養，與民間的日子共生，一泓清水為窮巷和豪宅獻出一樣的芬芳繁華，是國色，是天香，是媽媽親手掬水的記憶，世上無花可比。

若莎

然後，就接到冰娜令人心碎的來訊：「我們昨天抵達蘇黎世。」

你記得冰娜嗎？她是德國人，我在美國讀研究所的同學，你在高雄路竹養豬時，來過我們家。你說這德國女生的頭髮「怎麼像黃金瀑布一樣」。這個「黃金瀑布」，看見你下水採割牧草，也馬上脫了鞋，捲起褲腳，穿上及膝膠鞋，我們一起嘻嘻哈哈涉進開滿了野薑花的溪水。冰娜後來回到德國，在法蘭克福一個左派報紙做編輯。歲月流光中，我們讀博士、談戀愛、不小心結了婚、生孩子、用力工作，進入初老；很少見面，但是一直互通訊息。

抵達蘇黎世的「我們」，是冰娜和她八十五歲的母親，若莎。一年前，若莎被確診得了運動神經元病（MND），而且是肌萎縮性脊髓側索硬化症，或說漸凍症。冰娜馬上申請退休，搬回鄉下和若莎同住。從那時起，我的手機裡來自「黃金瀑布」的訊息，就是一個實境版病歷發展報告：

星期天下午帶若莎去看莫札特的歌劇，她很開心。從我們的座位看出去，全是白髮的人頭，她說，真奇怪，我年輕的時候，年輕人也都看歌劇啊，現在的年輕人在看什麼？回到家給她一杯紅酒，她拿著酒杯，很慢很慢地說，「嚥不下」，一臉抱歉的樣子——我當下就哭了。我恨死我自己，我應該比她堅強的……

她每天拄著拐杖到花園裡散步，順便剪幾支紅玫瑰回來給我，我總是插在那個在跳蚤市場從土耳其人那兒買來的花瓶。今天她進來的時候，沒有花，她說：手指不聽話……

若莎打破了一只碗。我走進廚房的時候，看見她坐在地上，背靠著冰箱，她坐在地上頭抬起來看著我，就那樣看著我，一句話不說。她的眼神，奇怪的眼神，真的讓我非常非常害怕。

若莎漸漸不說話了。她低著頭，好像頭太重，脖子撐不起她的頭。應台，你知道她在導演舞台劇的時候，是怎樣跋扈的一個導演嗎？演員說，她罵人的時候，像山洪暴發，聲音大到劇院外面的狗都收起尾巴趴下。

晚餐，她突然說話，說了很多，好像有什麼事忘了交代，急著交代。問題是，天哪，我只能聽懂一半她說什麼。她已經不太能控制她的喉嚨和口舌，她的語音含糊，咬字不清，我的好友啊，我的心裂開了。

她有很重要的話要跟我說……

鱒魚

冰娜帶若莎去的瑞士小鎮，我去過。離蘇黎世大概十公里，在半山腰，可以看見山谷裡的燈火。那一年，從蘇黎世的家開車過去，是為了看鱒魚。

美君，你知道，鱒魚和你一樣，總是想回到它出生的那條江。它們即使到了大海裡，即使離開它的原鄉千百里，即使它的初江在千百米的高原上，它也要游回故鄉，讓孩子出生在清淨的原溪。安德烈和飛力普玩耍的小溪裡，就常常看見鱒魚洄游。頑皮的男童趴在溪邊，眼睛盯著水面，用雙手去捧游過的魚，或者脫下長褲，綁住褲腳，用褲籠去撈。

這一帶的小鎮都是水鄉，淺淺的水渠與石板馬路平行。行人走路，鱒魚就在行人的腳邊一階一階往上游。我特去看鱒魚，卻發現那水渠底盤太淺，鱒魚往上跳得非常辛苦，幾乎要搓破肚皮才能往上躍起。二〇〇四年，科學家正式發現，鱒魚需要足夠的水流，它才能用自己的身體借力使力。幾年前，這些小鎮特別花了一大筆經費把水渠加深，水量因而加大，小鎮長老們說，「這樣鱒魚回老家，就有了尊嚴。」

這個小鎮在一九九八年之後，突然開始來了些不尋常的客人，他們在找回家的路。

尊嚴

冰娜跟我說這事的時候，其實我已經知道一點。

今天推若莎的輪椅到花園裡曬太陽。她要我摘一朵玫瑰花給她。她低頭聞花香，然後很輕很輕說，冰娜，帶我去蘇黎世。

她說得輕描淡寫，我聽得萬箭穿心。你明白「蘇黎世」的意思嗎？

冰娜，我明白的。一個叫米內利的瑞士律師，在一九九八年成立了一個非營利機構，「尊嚴」，專門幫助患有絕症而求死心切的人自己結束生命。大多數的國家不允許協助自殺，瑞士也並不允許，但是瑞士的刑法一一五條是這麼寫的：

任何出於私利而誘導或協助他人自殺者，處五年以下徒刑。

意思就是說，只要不是「出於私利」，那麼協助他人自殺就是合法的了。非營利的「尊嚴」就以會員制開始運作。交一筆會費，提出病歷證明，若是得到核准，病人在家人陪同下就前往「尊嚴」。一切依法辦事：醫師開藥；兩次詢問當事人是否決意執行；先服用一劑免於痛苦的藥；最後由當事人自己服下「巴比妥」，半小時左右藥發結束；警察以刑事案來做筆錄；家人離開；機構負責所有的善後。總花費大概要五十萬台幣。

空白

我該答應她嗎？我怎麼能答應她？

她已經無法進食。

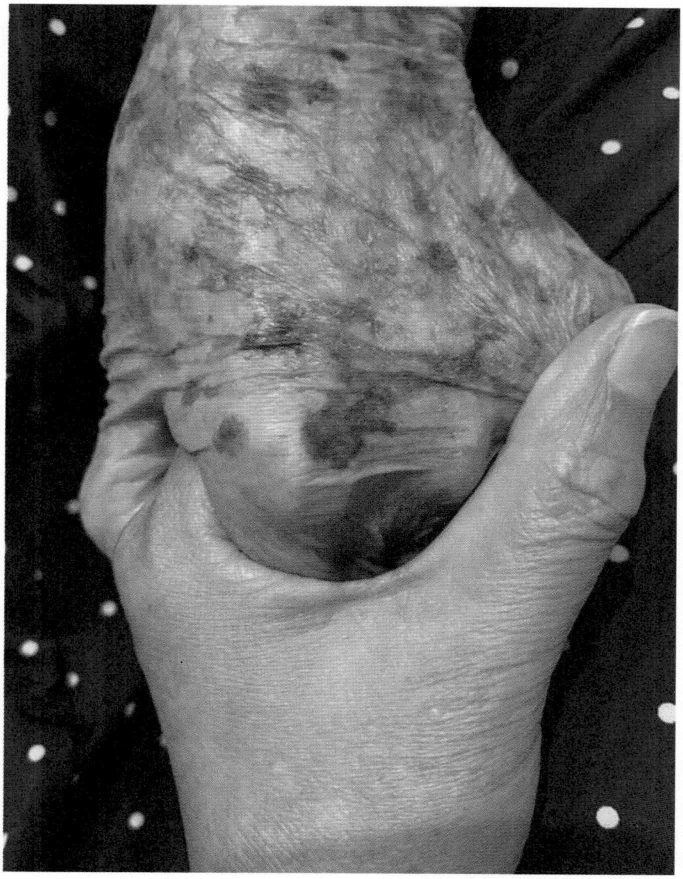

我該怎麼辦？我知道，瑞士法律規定，病人必須有自主意識，而且最後那杯藥，必須她自己動手喝下，別人不能代。我知道若莎擔憂，再惡化下去她就不符合資格了，因為她的手指快要全部不能動了……我怎麼辦？

在德國初次見到若莎的時候，她還不到六十歲。披著一頭狂放的捲髮，纖細的身材在瑜珈墊上做下犬式，從腰身下面歪過頭來看我說，冰箱裡有乳酪葡萄，自己拿來吃。晚上到廢棄電廠改裝的劇院去看她導演的現代戲劇。謝幕時，她赤腳從幕後走出來，對鼓掌的觀眾深深彎腰致謝，黑色的頭髮像瀑布一樣垂下來，垂到舞台地板。

我不敢回覆冰娜了，因為害怕。我蹉跎著，蹉跎著，晚上關燈前，打開手機再看一次她的訊息，寫了幾個字，又刪除。想像冰娜一定有看見我「輸入中……」，卻又是一片空白。

傍晚推著美君在街上走。這是一排透天厝，華燈初上，但是三樓以上全是黑的。人們當時拼命掙錢買樓，買了三樓還要在屋頂上違法加蓋一層。然而這些樓啊，眼睜睜看著老人凋零了，年輕人出走了，孩子們稀少了，街上沒有嬉笑追逐的聲音。倒是在一個走廊裡，一個小攤亮著兩盞電燈泡，懸在空中，隨著冬天的風晃過來、晃過去。女人在一塊灼熱的鐵板上煎蔥油餅，男人站在她後面就著一張簡易折疊桌低頭揉麵。

叮一聲，訊息進來。

我們昨天抵達蘇黎世。

冰娜，緊握她的手吧。那親手掬水的記憶，不會忘。

此時此刻

每一個人只有一個父親、一個母親。
父親母親也只會死一次，所以父親母親的死，是獨一無二的經驗，
不會說，因為你經歷過祖父母的死，所以就上過課了。

——安德烈

媽媽你老了嗎？

龍應台訪問安安（8歲）、飛飛（4歲）
台北，1993年7月

龍：安安，你剛在台灣留了一個月，有什麼特別深刻的印象？

安：嗯——台北的百貨公司很大很大，玩具很多，漫畫特別多，我最喜歡小叮噹，還有龍貓。

（飛：台灣的兒童遊樂區不好玩，沒有沙坑。）

龍：簡叔叔帶你看了場棒球賽，覺得怎樣？

安：沒看過，有點看不懂，大家在喊「全黑打」的時候，我以為打球的是黑人，原來是「全壘打」！觀眾叫得很大聲，有一個人有點三八，他拿著一面鼓，叫「象隊加油」，又敲又打的。很好玩。還有，散場了以後，哇，看席上滿滿是垃圾，沒見過那麼多垃圾。

龍：還有什麼特別的？

安：在街上撿到一隻九官鳥——（飛：九官鳥會吹口哨——）奶奶買了個籠子把它裝起來。爺爺說一定要送派出所，可是警察說，我們抓小偷都來不及，還管你的鳥！所以就變成我們的鳥。九官鳥一帶回家就說，「買菜去嘍！」然後又對我說：「靠妖！」。現在我也會說

「靠妖」了。媽媽，下次我要在台灣學閩南語。

龍：好，安安，告訴我你媽媽是個什麼樣的人。

安：你不要問我，我只有壞話可說。

龍：說吧！

安：她很兇，總是管我，中午一定要吃飯，晚上一定要上床。寫功課、刷牙、收拾房間……總是管管管！她以為我還是個 baby！她還會打我呢！用梳子打手心，很痛呢！

龍：有沒有對你好的時候？

安：我不說。

龍：好吧，談談你自己。你將來想做什麼？

安：恐龍化石專家。（飛：我要做蝙蝠俠。）

龍：不想做作家？

安：才不要呢！每天都要寫字，一點都不好玩。家庭作業都把我寫死了。

龍：你喜歡你弟弟嗎？

安：不喜歡，他不好玩。而且他老欺負我。他打我，我打回去的話，媽媽就說大的要讓小的。不公平。（飛：媽媽來幫我擦屁股——）

龍：你是德國人？中國人？台灣人？

安：都是，是德國人也是中國人，可是不是北京人。北京人講話兒不一樣。

龍：願意永遠留在台灣嗎？

安：才不要呢！台灣小孩每天都在上學上學……都沒有在玩。

龍：想過如果沒有媽媽的話……？

安：那就沒吃的了，也沒人帶我們了。（飛：媽媽你老了嗎？）

龍：安安，你愛我嗎？

安：我不說。你真煩！

那你六十分

龍應台訪問安安（32歲）、飛飛（28歲）
倫敦，2017年12月

龍：我的編輯有一組問題，希望我跟你們做個訪問，就是你們眼中的媽媽。可以嗎？

安：哈，可以拒絕嗎？

龍：第一個問題：回想小時候，什麼時候開始意識到，「我媽是個外國人」？

飛：小時候，好友圈裡面，弗瑞德是半個巴西人，阿勒是半個智利人，同學裡還有韓國人、阿富汗人、伊朗人，住我們隔壁的是美國人，住後門的是荷蘭人。我從來沒有意識說我媽是外國人。

安：小時候，跟不同國籍的小孩一起長大，才是「正常狀態」，所以從來沒感覺我們有什麼不同。如果一定要說有什麼不同，大概就是在我們請小朋友來家裡吃飯或者出去買菜的時候，你做的菜、挑的餐廳、買的食材，會跟別的媽媽不太一樣。

龍：如果你們生長在一個沒什麼外國人的環境裡，你們很可能不一樣？

安：是啊，如果我生長在月球上，我大概不會呼吸，我會飄。

如果我奶奶長出了鬍子，她就會是我爺爺。

龜毛

龍：如果你要對朋友介紹你媽是個什麼樣的人，你會怎麼說？
安：嗯……龜毛。對喜歡的事情、不喜歡的事情，很龜毛。
飛：我會說，超級好奇。
安：對對對，超級好奇。超級龜毛。
飛：你是我所認識的最聰明的人，但是同時又是一個非常……
安：非常不聰明、非常笨的人。
飛：對，就是這個意思。
龍：舉例說明吧。
安：你不太有彈性。我說的不是你對事情的看法，這方面你很理性，很寬闊；而是，譬如說，你對於跟我們一起旅行的安排有一定的想像，一旦有了那個想像，就很難改變。如果改變，你就不開心。你就不是那種很容易說，「啊，又變啦？好啦，隨便啦，都可以啦」的人。你就不可能說，我們出去旅行十天，什麼規劃都沒有，隨遇而安隨便漂流，你不喜歡。

龍：你不也是這樣？

安：沒有啊。我跟弟弟後天去義大利，就是走到哪就到哪。

龍：喔……還有例子嗎？

安：太多啦。譬如吃的。馬鈴薯上桌，你不吃就是不吃。進一個屋子裡，你一定要開窗，要有新鮮空氣。你要看見綠色植物，你要桌上有鮮花。也就是說，在你的生活裡，有些細節你很龜毛，很固執，而我們呢，譬如說吧，碰到一個爛旅館，是個黑洞，哎呀，黑洞就黑洞嘛，一晚而已無所謂啦。你會很氣。這就是我們說「龜毛」的意思。

龍：（不甘）可是，你們今天早上說要去植物園，後來又說天氣不好不去了，我也沒吭聲啊……

安：那是因為你這回沒太把植物園這件事放在心上，一旦放在心上了，不去你就要火了。

龍：……不公平。

安：你記得有一年耶誕節，飛力普在路上遇見了一個朋友，邀請他來家裡晚餐，你大發脾氣，記得嗎？

飛：對啊對啊，我只是剛好在路上遇見他，順口就邀他來家裡跟我們吃飯，哇，你好生氣。

龍：嘿，那是因為那天晚上是我們相聚的最後一個晚上，第二天早上我就飛了，那你還突然把一個外人找來，我當然火大啦。

安：我正是這個意思。你有一個想法──「兒子跟我要相聚一個晚上」，然後一個插曲進來，你就沒法接受。

龍：昨天晚上你不就突然邀請了一個朋友過來一起晚餐？我不是說很好嗎？

安：那是因為我五個小時前就趕快跟你說了。不說，你又要不高興了。

龍：喂，這不是正常禮貌嗎？我們母子約好一起晚餐，突然要多一個人，本來就應該事先說，不是最正常的事嗎？

安：可是，如果是我和飛飛約好晚餐，突然多一個朋友，我們完全可以讓它發生，不必事先說的。你理解我們的差別了嗎？

龍：（轉向飛力普）你同意他的說法？

飛：同意啊。如果事情走得不是你預期的，你會很失望、難過。

龍：不是每個人都這樣？

飛：不是每個人都這樣。我們如果有什麼事不太順心，哎呀，就算了，過去了。你會不舒服好幾個小時。

龍：所以你們對「龜毛」的定義就是——

安：對事情有一定的期待，如果達不到那個期待，就超乎尋常的不開心。

龍：好吧。那說說「好奇」吧。

好奇

飛：有一次我們走過法蘭克福那條最危險的街，滿街都是妓女跟吸毒、販毒的人。有一堆人圍在街角，應該是一群毒癮犯，不知道在幹什麼。你就很高興地說，我想知道他們在做什麼，馬上就走過去想看，還想拍照，你真的拿出相機，這時有一個大漢向我們走過來。我簡直嚇昏了。那個傢伙邊走邊喊叫，你還一直問我，這傢伙在說什麼，太有趣了，我想知道他在說什麼。這就是你好奇的程度。

飛：（轉向安德烈）不過，安，我們說了那麼多負面的批評，好像該說點什麼正面的吧？她的編輯會抗議。

安：好奇就挺正面的啊。

飛：好奇到危險的地步。

安：好奇是好的呀。我想就是你強大的好奇使你成為作家吧。你碰到任何人，都有很大的興趣，想知道他的上下三代歷史，問很多問題。

飛：你到任何地點，都想知道那個地點的歷史，人從哪裡來，事情怎麼會發生，為什麼叫這個名字……

龍：你們不這樣嗎？

安：才不是。大部分的人會安於自己所處的安全泡泡裡面，不想去知道太多的事，太累了。

龍：有具體例子嗎？

飛：你才剛剛在大賣場買了一個按摩器……

安：什麼按摩器？

飛：（一邊說，一邊止不住地嗆笑）是這樣的。媽媽搬到鄉下去陪奶奶。她在鄉下發現有很多大賣場，就是那種鐵皮屋下面什麼都賣的那種五金行兼百貨店兼雜貨店。有一天，她看到架子上掛著一個寫著「按摩器」的盒子，上面的照片是一個男性生殖器。她覺得，怪了，大賣場裡賣性用品，又堂而皇之掛出來，而且跟抓癢的耙子、梳頭髮的梳子、剪指甲的剪刀、什麼跟什麼的，就那樣大剌剌掛在一起。她想說，小鎮裡，誰用這個東西？誰敢買這個東西？怎麼可能？

為了真正知道這究竟是不是性用品，她就把這東西拿到櫃台去，還真的買了。她也不怕店員會出去說，龍應台在小鎮大賣場買按摩器！

她買回去，打開觀察，發現還真的是做成男性器官那個外型。然後發現是壞的。放進電池也不動。一般人，到這裡也就算了吧？不。她把那東西又帶回去大賣場，跟店員說，「這是壞的。」

安：（笑倒在沙發裡）天哪。如果我是店員，我就說，「部長，是你使用不當，用壞的。」

飛：她想要知道店員的反應。

安：結果呢？

飛：結果，那年輕的女店員，也就把那個按摩器拿出來，換幾個電池放進去試，還是不動，確定是壞了，就跟媽說，是壞了。

媽就問說，你們還會進貨嗎？

店員說，好像沒人買。大概不會進了吧。

整個過程，就像是在處理一個果汁機。

龍：（笑倒在沙發裡）我同時發現，每個大賣場都有賣瑜珈墊。覺得奇怪，難道瑜珈在鄉下那麼風行？不可能啊。

安：嗯，按摩器和瑜珈墊……

龍：我就問店員：這裡的人買瑜珈墊做什麼？你猜猜看答案？

安：……跟按摩器一起想的話，還真有點邪惡啊。

龍：她說，養大狗的人，拿瑜珈墊做狗的床墊。

飛：「好奇」的證據夠不夠了？正常人，看到按摩器和梳子掛一起，也不會真的買回去，對吧？買回去，壞的，也不會還拿回店裡去退，對吧？就為了了解一個按摩器的來龍去脈，你還真忙啊……

媽：好吧。我的「好奇」，讓你們尷尬過嗎？

飛：跟你走在路上，你看到什麼都想停下來盯著看。我最尷尬的是，你還會伸出手去指，說，飛飛你看……真尷尬。

安：我也有過恐怖的經驗。有一次在香港的地鐵裡，一對西方情侶或夫妻擠在前面。你就用德語跟我說，哎，我想知道他們是新婚還是戀愛中，反正，愛情難持久。你看他們現在相互依偎，誰知道下一次搭車的時候是什麼光景。然後緊接著，我們就聽見那兩個人彼此在講話，講的就是德語。

龍：這我記得……還以為在香港說德語是安全的。

嚴格

龍：好吧。編輯還要我問：你們小時候的那個媽媽是個什麼樣的媽媽？

安：嚴格。

龍：（不可置信）嚴格？我從來不認為我是「虎媽」呀？

安：從來不買糖果給我們吃。不給我們甜的飲料。看電視時間一天不超過半小時。晚上九點以前上床。還有，我印象最深的是，大概十三四歲吧，大家到朋友家去慶生，只是隔一條街而已，人家可以留到一兩點，我十二點就必須回家。我是全班第一個必須離開那個派對的，所以印象很深。

飛：對我就不一樣。我比你小四歲，她很公平，所以等到你大一點點，她放鬆一點的時候，我其實還小，但是跟你一樣待遇。譬如說，當你被允許看電視看到晚上九點半，我也跟著享受「長大特權」，雖然我比你小，我賺到了。所以我並不感覺她嚴格。

龍：你在香港的時候，十四歲，我只有要求你必須搭最後一班地鐵回家。

龍：你們就沒有什麼好話可以說啊？

安：你很慈愛，很溫柔，很體貼。我覺得比大多數的人有更真誠的愛心。

飛：我也會這麼說。我們小時候有很多的時間在床上，你說故事給我們聽。每天晚上。

安：有一次在地下室的房間跟我們講愛倫坡，越聽越恐怖，我們都躲進了被子裡，還是想聽。

龍：還講了整個《三國演義》——

飛：不是啦，是《西遊記》。

龍：對，《西遊記》一百章，全部講完。

安：都很記得。

價值

龍：談談價值。有什麼觀念或者價值，你們覺得可能來自媽媽？

（兩人突然安靜，思考中……）

安：自由主義。

飛：獨立思考。永遠要追問事情背後的東西。

安：可是這不是「價值」吧？

飛：這也是一種價值啊。可能更是一種「態度」。

安：嗯，可以這麼說。

飛：你教了我，不要不經思索就自動接受任何一種觀念或說法。

安：我覺得你影響了我的是……慈悲。對人要有慈悲心。

還有，很重要的。我覺得我們兄弟倆個都是女性主義者。這來自你。

龍：第一次聽你這樣說。

飛：我看書的習慣來自你。不斷地看書，終生看書，是你教了我的。

龍：小時候常常帶你們去社區圖書館借書，一袋一袋地抱回家。可惜的是，西方很重視兒童和少年文學的創作，書很多，中文世界比較不重視這一塊。

飛，你說獨立思考影響了你。記得什麼例子嗎？

飛：我小學上英文課很不順利，總覺得學不好，也很不喜歡那個老師，成績也差。有一次，我在家很痛苦地寫英文作業，越寫越不開心。你就過來看是什麼作業。看了之後，你坐下來跟我說，這根本就是一個非常不合理的作業。你把那個作業不合理的道理詳細分析給我聽。我才知道，並不是老師交下來的都是對的。

龍：你們認為和母親有很好的溝通嗎？

安：很好啊。我不見得會告訴你所有我的事情，但是我知道，我可以跟你談任何事情，沒有禁區，也沒有局限。

飛：我有些朋友，是沒有這種開放關係的。譬如他是同性戀這件事，就不能夠讓他媽知道。

龍：如果你們是同性戀，會告訴我嗎？

安：會。

龍：如果你們吸毒，會告訴我嗎？

飛：會。

龍：如果你們犯了罪，會告訴我嗎？

飛：哈，要看犯什麼罪吧？我十八歲那年和同學從阿姆斯特丹夾帶了一點點大麻進入德國——大麻在荷蘭是合法的，被德國邊境警察逮到了，就沒馬上告訴你，怕你擔心。可是，我心裡知道，如果需要，我任何時候、任何事情都可以跟你說。

安：所謂好的溝通，並不是什麼都說，而是，你明白，你需要的話，什麼都可以跟她說，她都能敞開來聽。

老死

龍：我快要七十歲了。你們有逐漸的心理準備面對我的死亡嗎？

飛：沒有。

龍：你們會不會，因為經歷過祖父母的老跟死，所以我死的時候，你們都準備好了？

安：哈，這個問題，恐怕要等到發生的時候再問。你說，你父親的死亡，你母親的老，你都毫無準備。可是那都是在他們老、死的時候你才知道你毫無準備。你現在問我們有沒有準備，我們也要到事情發生的時候才知道有沒有準備啊。

飛：（笑個不停）爸爸一定會走在你的前面，所以我們也可以等爸爸死的時候來回答這一題。

龍：……

飛：但是，我鄭重地說，我們都意識到，你有一天會死。

（三人笑得崩潰）

龍：兒子，你太冰雪聰明了，竟然有這個意識。

安：這是你新書的最大亮點：「你的孩子知道有一天你會死」。你一定要告訴你的編輯。

龍：（笑倒在沙發）你們惡搞，把我的思緒打亂了。我不知道我要問什麼了……

安：玩笑歸玩笑，真的，我認為，你說的「因為經驗而有心理準備」，是不錯的理論。但是真正發生的時候，對每一個人應該都還是生命震撼。死亡是絕對主觀、極端個人的經驗吧。不是學騎腳踏車，學過了就會了。對於死亡，沒有「會了」這回事。

龍：可是，經驗過父親的死亡以後，我覺得我確實上過一課，對我母親的未來過世，我比較有準備了。

安：每個人只有一個父親、一個母親。父親母親也只會死一次，所以父親母親的死，是獨一無二的經驗，不會說，因為你經歷過祖父母的死，所以就「上過課」了。

飛：除非你跟祖父母的關係非常、非常密切，有可能。

龍：我……可以跟你們說一個秘密嗎？

（沉默三十秒……）

飛：我們可以說「拜託不要」嗎？（大笑）

安：（爆笑）

龍：你們的德國爺爺過世的時候，他的大體放在家裡的客廳裡，讓親友來告別。

安：這我聽你說過。

龍：然後，因為我沒見過任何人死亡，爺爺是我第一次見到「死人」，所以……

飛：你——你做了什麼？

龍：爺爺生前我們關係很好，他很疼愛我，我也非常親近他。這時客人還沒到，沒有人看見。我走近他，很仔細地看他躺在棺材裡，然後，用一根手指去壓他的臉頰。我想知道死後肌肉和皮膚的感覺是什麼。

飛：你看你看，這又佐證了我們說的極端「好奇」啊。

龍：我就是想知道皮膚的感覺。

飛：我也不知道那個感覺，安安肯定也不知道，那天來弔喪的所有的親朋好友也不知道死人皮膚的感覺。可是，我可以百分之百告訴你，媽，沒有一個人會真的用手指去試啦。我也不會想去碰，你求我我也不會想要碰。只有你會做這種事。

放手

龍：你們印象中我怎麼對待我的父母？

安：最難忘的就是你讓我們把爺爺弄哭的那一次。

飛：對。因為爺爺久病，完全不說話了，你要我們兩個去逗他說話。怎麼逗都不成功。後來，你就悄悄跟安安說：安安，你問爺爺，你的媽媽到哪裡去了。

安安就問：爺爺，你媽呢？

一整天不說話，連表情都沒有的爺爺，一下子就哭起來了。痛哭，一直哭一直說，哭著說他怎麼對不起他媽媽。你完全知道他的痛點在哪裡。

安：那是個甜蜜又悲傷的記憶。他們很愛你，你對他們也很好。

龍：你們覺得我過度地在想老和死的議題嗎？

飛：是。

安：但是只要它不影響你對生活和生命的熱情、快樂，就沒事。

龍：你知道嗎？不久前我們幾個同齡的女朋友們在一起吃飯，有人說，科學家預測我們這一代人會活到一百多歲。你知道我們的反應嗎？本來都興高采烈在吃飯喝酒，這時全都停下筷子，放下酒杯，垮下臉，很沮喪地說：歐買尬，那怎麼辦？

安：不要我們走了你還在，那就不好玩了。

龍：好，最後一個問題。你媽怎麼對待你們的女朋友？

飛：你很嫉妒。一開始，你開玩笑，跟我說，你想毒死她。我想這是開玩笑吧。可是，這個笑話，你講了五年耶！我覺得，可能不是玩笑呢。看得出，你有努力想要表現得「喜歡」，可是，總不自然。這方面你實在不是很成功，只能勉強說，有在進步中。

安：你對我的女朋友還可以。

龍：很難耶……

飛：我覺得問題在你，還沒認真處理「放手」這件事。人家都說，最難的是父母放手讓女兒走，可是我發現你讓兒子遠走高飛好像特別難……

龍：呃……我還寫了一篇「母獸」文章，告訴讀者怎麼對待兒子的女朋友呢……

飛：你不太行啊。

龍：我得幾分？

飛：及格是幾分？

龍：六十。

飛：那你六十分。

P155　龍應台提供

P157　1944 年 2 月美軍情報分析報告中的空拍照，同年 10 月即發動空襲高雄港。現藏於美國國家檔案館。

P159　達志影像授權提供

P162~163　龍應台提供

P179　龍應台提供

P195　達志影像授權提供

P197　達志影像授權提供。德瑞斯登遭大轟炸後，從市政廳大樓俯瞰，全城盡成廢墟，攝於 1946 年。

P199　達志影像授權提供

P201　1946 年宵月艦上，一家台灣人向澳洲士兵領取牛奶。現藏於澳洲維多利亞州立博物館。

P203　達志影像授權提供。1946 年，一德國士兵從蘇聯戰俘營獲釋後回到法蘭克福，發現家已成灰燼。

P205　民國二、三十年時，黃埔軍校畢業證書。

P207　達志影像授權提供。1951 年，韓國戰場上一個平民被綁的雙手。

P243　中央通訊社授權提供

P245　龍應台提供

P247　龍應台提供

P249　國家發展委員會檔案管理局授權提供

P251　龍應台提供

P253　龍應台提供

P255　龍應台提供

P279　龍應台提供

P282　龍應台提供

全書圖片索引

P019　龍應台提供

P034　龍應台提供

P051　達志影像授權提供。1919 年 6 月 28 日在巴黎凡爾賽宮簽署凡爾賽條約。

P053　達志影像授權提供。五四運動油畫，周令釗 1951 年繪。

P055　達志影像授權提供

P057　達志影像授權提供。1925 年熱河石匣鎮，賣繡花枕頭的纏足少女。

P059　引用自中國紅十字會網站。1917 年，直隸安平縣。

P061　達志影像授權提供。Henri Meyer 1898 年所繪之帝國主義瓜分中國圖。

P063　龍應台提供

P070　王羲之「初月帖」。現藏於遼寧省博物館。

P079　龍應台提供

P087　龍應台攝影

P099　龍應台提供

P101　現藏於浙江省檔案館

P103　龍應台提供

P105　達志影像授權提供。重慶 1938 至 1943 年間，遭日軍轟炸超過 218 次。

P107　龍應台提供

P109　杭穉英繪圖由達志影像授權提供

P111　達志影像授權提供。1935 年，台灣第一次舉辦大型博覽會宣傳海報。

P127　© 2022 Georgia O'Keeffe Museum / Artists Rights Society (ARS), New York
畫作檔案由達志影像授權提供。

P147　1934 年，平交道安全宣導海報。現藏於國立台灣圖書館。

P149　© Robert Capa © International Center of Photography / Magnum Photos / IC photo

P151　達志影像授權提供。1935 年，穿納粹軍服的孩子。

P153　達志影像授權提供。1961 年，香港街頭。

龍應台作品集 2

天長地久——給美君的信

作　　者　龍應台
特約總編輯　余宜芳
特約編輯　李宜芬
副總監　何靜婷
封面設計暨內頁編排　陳文德

董 事 長　趙政岷
出 版 者　時報文化出版企業股份有限公司
108019 台北市和平西路三段二四〇號七樓
發行專線（02）23066842
讀者服務專線 0800231705 （02）23047103
讀者服務傳真（02）23046858
郵撥　一九三四四七二四 時報文化出版公司
信箱　一〇八九九 臺北華江橋郵局第九九信箱
時報悅讀網　http://www.readingtimes.com.tw
法律顧問　理律法律事務所 陳長文律師、李念祖律師
印　　刷　勁達印刷有限公司
初版一刷　2022 年 4 月 22 日
定　　價　新台幣 480 元

時報文化出版公司成立於一九七五年，一九九九年股票上櫃公開發行，二〇〇八年脫離中時集團非屬旺中，以「尊重智慧與創意的文化事業」為信念。

Printed in Taiwan

天長地久：給美君的信 / 龍應台著 . -- 初版 . -- 臺北市：時報文化出版企業股份有限公司 , 2022.04
面； 公分 . --（龍應台作品集 ; 2）
ISBN 978-626-335-154-7（平裝）. --

863.56　　111003167